小学館文庫

孫むすめ捕物帳

かざり飴

伊藤尋也

小学館

目次

孫むすめ捕物帳　かざり飴

序

うんと遠くから、かすかに飴細工売りの口上が聞こえた。

「――さぁさ子供衆、買うたり買うたり。あめの小鳥じゃ、あめェ小鳥じゃ」

天保年間、徳川家慶公が治世といえば幕府開闢よりおよそ二百四十年。砂糖が国産化されて久しいこの時代、江戸の市中は駄菓子の国だ。お上の倹約令にもかかわらず町では庶民の間にまで、飴に饅頭、羊羹と甘くて安い菓子類が溢れている。

春風の吹くこの季節ともなれば、気のせいか砂糖の香りが部屋の中までぷんと漂って来そうなほどであった。

（……孫でも遊びに来ぬものか）

来れば飴でも買ってやるのに。それも、とびきり高いやつを。

男は思う。『甘やかし』というのは子供より、むしろ老いたる者にこそ必要ではないかと。

このところ、いつも心が満たされない。陽(ひ)は暖かいというのに胸には秋風が吹き抜けるよう。飴は子供のための甘味だが、大人はもっと別の甘さを欲した。

孫のとらは十二歳。お転婆(てんば)だが美しい娘に育った。

孫は、老人の人生を甘やかしてくれる。

壱「小鳥笛」

春の日差しというものは、貴人の夜具(ふとん)にも勝るという。

葉桜の青さもまぶしいこの季節、窓からの風が心地よい。そんな居眠り日和(びより)の八つ（午後二時）過ぎ——。


——ぽっぽぉ、ぽっぽぉ。


どこかで、ぶきっちょな土鳩(どばと)が鳴いた気がした。

沖田柄十郎(おきたへいじゅうろう)は今年で齢(よわい)六十五。窓際でウトウトしていたが、夢うつつで聞こえたその鳴き声に、

（——おや、あの子らが来ているのか？）

と目を覚ます。

だが瞼を開くと、すぐ真正面にあったのは若い同僚のしかめっ面であった。

「沖田殿、起きられましたか？　そんな調子であるから〝窓際同心〟などと陰口を叩かれるのですぞ」

「アッ、これは加藤殿、面目ござらん」

沖田は歳が自分の半分ほどしかない加藤に対し、慌ててぺこりと頭を下げる。

ここは南町奉行所、廻り方同心の詰める二十畳間。——周りの者たちは沖田と加藤のやり取りを横で聞き、『またか』と笑いを堪えていた。

廻り方は南北町奉行所にそれぞれ十四名ずつしかいない花形職だ。市中を廻って犯罪と戦うさむらいたちであり、まさしく町奉行所の顔と言えよう。単に〝同心〟とだけ呼ぶ場合、江戸ではこの廻り方同心のみを指す。

沖田は老齢ながら、そんな花形職の一人であった。

とはいっても近頃は外に出るのが億劫になり、大事な市中見廻りも十日に二、三度出ればいい方。ほとんど毎日、皆の邪魔にならぬ窓際あたりに文机を置き、古い書状の清書やら帳面の整理といった雑用ばかりをして刻を過ごしていた。

なので人呼んで、廻らず方の窓際同心。

奉行所の厄介者だ。

目の前にいる加藤などは、露骨に彼を目の仇（かたき）にしており、顔を合わすたびに、やれ『もっと頻繁に見廻りを』だの、やれ『歳に甘えてはなりませぬ』だのと厳しいことばかりを口にする。

無論、正しいのはこの若僧の方だ。――普通、同心は五十より前に職を辞すもの。沖田家は跡目の手続きが長引いていたためやむをえず現役を続けていたが、居座る以上は役に立ってもらわねば困る。

その理屈も、頭ではわかっていたのだが……。

「聞いておられますか、沖田殿。それとも、また寝ておられるのですか？」

加藤の言葉に、部屋にいる他の同心たちが、思わずぷっと吹き出した。

『おきた』と『寝ている』で駄洒落（だじゃれ）になっているのが面白かったのだろう。先ほども『沖田殿、起きられましたか』の言葉に、皆、必死で堪えていた。

これには加藤も、小言の気勢を殺（そ）がれたらしく――、

「もう結構。沖田殿、さっさと行かれてはいかがですかな」

と苦々しい顔で言い捨てる。

「はて？　加藤殿、行けとは、どちらに？」

「外に決まっておりましょう。小鳥たちが来ておりますぞ」

遠くで、また「ぽっぽぉ」の鳴き声が聞こえた。

よく聞けば二羽分。今度は現実で、はっきりと。

＊＊＊

（――やれやれ、また雷公殿に叱られたか）

沖田が窓際同心ならば、加藤は人呼んで雷公同心。

ガミガミ小言ばかり言うからついた渾名だ。生真面目で、理屈っぽく、気が短い。

そんな彼の性分は、奉行所内どころか見廻り先の町人にまで知られていた。

（あの男は、どうにも苦手だ）

加藤は齢三十五。まだ若いが、かつて大きな手柄を上げており、そのため同心内での序列は三席。

序列にうるさい同心社会だ。十四人中の十三席である沖田にとって、あの男は上役にあたる。向こうも部下が怠けているのを見つけた以上、何も言わぬというわけにはいくまい。

それに、やはり三十代の男であるからだろう。

男の三十代といえば、十代、二十代の未熟さを許せず、その一方で四十以上のくたびれた様子にも苛立(いらだ)ちを覚えるという厄介な年頃。――結果として、他の全ての年代に対しどこか尊大になってしまうものだ。かつては沖田もそうだった。

（まあ、いずれにせよ叱られているうちが華であろう）

他の者たちは、沖田が居眠りしていようと何も言わない。同僚の同心だけでなく、幹部職である与力(よりき)衆も。皆、見て見ぬふりを決め込んでいた。

文句を言われずに済むのは助かるが、寂しくないと言えば嘘になる。

『お前が奉行所や江戸市中のためにできることなど、もう何ひとつないのだ』と無言で告げられているようなものであった。

歳月と共に自分の居場所は失われていく。老いるというのは孤独になることなのかもしれない。――職場だけでなく家でもそうだ。娘たちを嫁に出し終え、妻とも死別した今、公私とも大抵ひとりきり。

（この爺(じじい)めを構ってくれるのは、雷公以外はどうやら土鳩たちだけか）

そういえば今回、加藤の説教は短かった。小鳥を待たせぬようにであろう。雷公殿もあの子らには甘い。それともいよいよ見放されたか。

奉行所の門を出る際、掃除をしていた若い中間(ちゅうげん)が、

「窓際の旦那、いつもの子たちが来ておりますよ」

と、薄笑いを浮かべていた。

「いつものあたりか？」

「ええ、いつもあたりの場所で」

手は箒を握ったまま、顎だけしゃくって建物の裏手を指す。

今の仕草といい、先ほどの『窓際の旦那』という呼び方といい、この男はずいぶんと沖田を侮っているようだった。

（やれやれ、こんな若僧にまで）

たしか、こやつは二十一。ならば前言撤回だ。厄介な年頃は三十代だけではない。無根拠な自信に満ちた二十代も十分面倒臭かった。

一言叱ってやりたかったが今はやめた。待たせている相手がいるのだ。いちいち腹を立てている暇はない。

――ぽっぽぉ、ぽっぽぉ。

――ぽっぽぉ、ぽっぽぉ。

塀沿いにぐるりと歩いて裏に回ると、〝小鳥〟たちの姿が見えた。

「おやおや、鳩だと思ったらよく見知った娘らではないか。すっかり騙(だま)されてしまったわ」

「あっ。じいじ様、やっと来た」

沖田の言葉はただの世辞だ。本当はさほど上手な鳴き声ではない。――声をかけられるや、鳴き声の主たちは笛を口から離し、ぱたぱたと嬉(うれ)しそうに駆け寄ってくる。

そこにいたのは土鳩でなく、鳩笛を手にした少女ら二人であったのだ。

「もう、じいじ様、遅いんだから。とらもくまも待ちくたびれて、くまなんてもう余(よ)所(そ)に遊びに行こうかと言っていたのよ」

「嘘です、祖父殿。今のはとら姉が自分で言ったことです。くまはそんな薄情申しません」

沖田の自慢の孫たちだ。二人とも祖父に懐いており、暇を見つけてはこうしてちょくちょく奉行所にまで遊びに来てくれていた。

かたや、寅(とら)。十二歳。

花柄の真っ赤な小袖に金魚の尾のような帯といういかにも年ごろの娘らしく可愛らしい格好をしていたが、裾は膝までからげて白い脛(すね)は丸出し、おまけにどこを駆け回って遊んできたのか爪先やかかとは泥だらけ。とんでもないお転婆だ。目はくりりと大きく、瞳は鼠を狙う猫のようにいつもきらきら輝いていた。

かたや、球磨。九歳。

こちらは逆に、妙に落ち着きのある子であった。背は小柄で体も痩せ型、さほど元気よしとは言えないものの、その分、品がよくて賢そうな顔をしている。着物も茶色と黒の縞模様という大人びた趣味ながら、髷に巻いた幅広の手絡だけは鮮やかな朱色で、古い浮世絵にたまに出てくる異国の貴婦人を連想させた。あるいは本人には悪いが、人見知りをする狆のよう。

姉妹ではなく、いとこ同士となる。

言葉遣いが子供っぽいのが年上のとらの方。

とらとくま。いずれも猛獣の名であり、犬猫につける愛称のようでもあったが、近ごろ奉行所内では『小鳥』と呼ばれることが多かった。

無論、さっきまで吹いていた鳩笛のためだ。――あれは沖田が先日買ってやったものだが、二人はやたら気に入って、いつしか『今、近くに来ている』という合図に使われるようになっていた。

(縁日の安物でこれほど喜んでくれるとは、我ながらいい買い物をした)

自分が孫に好かれているのを実感できる。もし嫌われていたならば、どれほど高価なものであろうと、これほど大事にはしてくれまい。

そんな感慨にふけっていると――、

「祖父殿、とら姉を叱ってくださいませ」

年下のくまが、急におだやかでないことを言い出した。この子は幼いのに、ずいぶんと子供らしからぬ喋り方をする。

「どうしたね、くまや。さっきのをそんなに怒っているのかい?」

てっきり、先ほどの『くまなんてもう余所に遊びに行こうかと言っていたのよ』に対してのことかと思ったが、どうやらそうではないらしい。

「違います。とら姉の頭をよくご覧ください」

「はて、頭?」

見れば、とらの髪には、小さなかんざしが何本も挿さっていた。その数、ざっと七、八本。

いずれも竹ひごに張子細工や貝殻をくりつけたような安物で、子供が小遣い銭で買う玩具である。似たようなものが屋台で売られているのを見たことがあった。

「おやおや、これは。すぐに気づかず悪かった。今日はずいぶんとめかし込んでいるじゃないか。少し派手だが似合っているよ」

とらは祖父に褒められ「へへん」と得意げな笑いを浮かべる。——しかし、どこに叱られる理由があるというのだろう？　沖田はもちろん、とらにもわかっていないようだった。

「今どきは、そんな風にたくさんかんざしを挿すのが流行りなのかい？」

品がないので叱ってくれということなのか？　それとも無駄遣いを咎めてくれということか？　首をかしげていると、くまが付け足す。

「どうやって手に入れたのか、とら姉に訊けばわかります」

「……？　とらや、どこで買ったのだね？」

その問いに対するとらの返事は、あまりに意外なものであった。

「買ったんじゃなくて、もらったの」

「ほほう、誰にだね」

「道場の男の子」

「なんだと⁉　そのような子がいるのか！」

つい、声を荒らげてしまった。

顔も自然と険しくなる。孫の前では能の翁面のように常にニコニコしていたかったが、さすがに抑えることはできなかった。

（――しかし、仕方あるまい。これほどの娘に育ったのだ）

この子も、いつまでも子供ではないということか。

川柳にも『とうからは　みえぬところで　いろがつき』とある。

唐々（とうから）というのは、このころ江戸に入ってきた園芸品種のとうもろこしのこと。皮の下で紫や黄色、赤、琥珀色（こはくいろ）など、色とりどりの実をつけた。

同じように幼い少女も、いつの間にか――ほんの十歳（とお）から色づいていくものなのだ。奇（く）しくもとらのかんざしのうち一本は、紫のとうから粒を干して飾りに使っていた。

現在、とらは十二歳。

それもただの十二でなく、うんと見目麗（みめうるわ）しい十二歳だ。

毎日、表を走り回っているというのに肌は白く、唇や頬は紅を差すまでもなく赤い。裾から見せている脚は、すらりと細く小鹿のよう。

まして、この子は剣術道場通いで近い年頃の男子と接する機会が多い。

とらの父は二十六人いる幕府の武芸指南役の一人である。屋敷内の道場には常に多くの若者たちが出入りしており、この娘も一緒になって稽古を受けていた。

これほど美貌（びぼう）の少女剣士が、すぐ横で玉の汗をかいているのだ。少年の一人や二人、夢中にさせぬ方がおかしかろう。

「いいかい、とらや、今度その男の子を連れてきなさい。どんな子であるのか見てみたい」

　見てどうなるわけでもなかろうが、一言厳しく言ってやらねば気が済まぬ。

だが、とらの返事は、沖田をさらに仰天させた。

「全員、呼んでくれればいいの？」

「――全員!? どういうことかね？」

　一人や二人ではないというのか？

「どれも別々の子がくれたのよ。――近ごろ、剣で勝負を挑んでくる子が多くって、鬱陶(うっとう)しいから『とらに負けたら、かんざしを一本買ってよこす』という約束にしたの。全員叩きのめして、もらってやったわ」

　つまりは戦利品ということだった。とらは『くれた』『もらった』と言っていたが、本当は『ぶんどった』が正しかろう。

　しかも、ほんの三日前に会ったときにはかんざしなど挿していなかったはずなので、その間に七、八人の少年を剣術(やっとう)で打ち負かしたということになる。

　あきれたものだ。お転婆者のわんぱく娘だと知ってはいたが、これほどまでとは思わなかった。

呆気に取られていると、くまにくいっと袖を引かれた。

「祖父殿、とら姉に何か言ってやってくださいませ」

「あ……うむ、いや――」

そう促されはしたものの、沖田は戸惑いすぎてただ言葉を濁すことしかできない。

それどころか――、

（そうか、とらはまだまだ子供であるのだな）

つい、ほうっ、と安堵の息を漏らしてしまった。

叱るどころか、かんざしだらけの頭をよしよしと撫でてやりたいくらいだ。

「まあ、お小言は追々な。それより、二人に菓子でも買ってやろう。今から見廻りなので一緒においで」

とらは、叱られずに済んだこともあって「やったあ」と喜び、くまは「むー」とむくれた顔をした。

沖田は、孫らを引き連れ歩き出す。

（――我ながら、年寄りというのはちょろいものだ）

仕事で嫌なことがあったばかりというのに、ちょっと孫が顔を見せればとたんに上機嫌になる。爺婆(じじばば)の心というのは、そのような仕組みになっているらしい。よく出来たものだ。

老人というのは、孫さえいれば幸せに過ごせる生き物なのだ。

沖田は窓際同心なので、市中見廻りには滅多に出ない。——しかし、この子たちが遊びに来たなら話は別だ。

職務(つとめ)というより散歩になるが、奉行所からしばらく歩くと飴屋辻(あめやつじ)という一角に出る。その名の通り菓子屋が多く、女子供に人気の町だ。孫二人が来たときは、そこへ連れて行くのが沖田の常となっていた。

道中、くまがとらにぼやいた。

「とら姉は、ずるうございます」

「あら、何がずるいのよ」

「だって、祖父殿に叱られないではありませんか」

「まあ。でも、くまだってじいじ様に叱られたことなんてないでしょう?」

「くまが叱られないのは悪いことをしてないからです。とら姉は悪さをしたのに叱られないから、ずるいと申しておるのです」

二人の話を聞いて沖田は、失敗したな、と軽く悔いる。

（形だけでも厳しいことを言うべきだったか）

ただ、その一方で沖田は微笑ましく、また嬉しくも感じていた。

くまは別に、とらに叱責されてほしいわけではない。祖父がとらに優しいのが気に食わない――もっと言えば、自分よりとらが好かれているのではないかと心配をしていたのだ。

可愛らしい嫉妬ではないか。いつも大人びているくまが覗かせた、子供らしい一面だった。

沖田はそれがわかっているので、つい口元が緩んでしまう。孫二人に取り合いをされるとは、爺冥利に尽きるというものだ。

「祖父殿もよくないのです。とら姉を甘やかしております」

「ははは、参ったな。くまの言う通りだ。気をつけよう。――どれ、こっちにおいで。いつものおんぶをしてやろう」

そう言って腰をかがめると、くまは無言でぴょんと祖父の背中に飛び乗った。

この子は、おんぶしてやるとすぐ機嫌が直る。

とらは羨ましそうに見つめていたが、さすがに十二の子は背負えない。九つで痩せ型のくまでさえ六十五の腰にはぎりぎりなのだ。背中の上からは「ふふン」と勝ち誇った笑い声が聞こえた。

(おやおや、小さくとも女というのは怖いもんだ)

だが、そんな態度すらも微笑ましい。

なので九歳児の重みにもなんとか耐えることができた。むしろ、もう一、二年で背負えなくなるかもと思うと、絶対に背から下ろしたくない。——気がつけば、今度は年上のとらが焼き餅でむくれていた。

「ふんだ。悔しくないわ。とらだって一昨々年(おとどとし)まではおんぶしてもらってたんだもの。それに背中にいない分、よくお顔を見てもらえるでしょう?」

しかし言葉に反してその頬は、さっきからぷくうと膨れっぱなしになっている。また背中から「ふふン」と聞こえた。

(この子たちといると、どこか誇らしい心持ちになるな)

歳の近い老人と擦(す)れ違う際、向こうは何やら羨ましそうな顔をしていた。

ただの勘違いかもしれないが、そうだとしても、さもありなん。——こんなに愛らしい孫を二人も連れているのだ。しかも、ほれ、この通り懐かれている。

年寄りの世界において、これほど羨ましがられることが他にあろうか。

今の沖田は、この世のあらゆる老人から憧れられる存在であった。鼻が高い。こうして歩いているだけで、見せびらかしの自慢行脚(あんぎゃ)をしているかのようだ。

気がつけば、もう目的の飴屋辻に着いていた。

甘い匂いがふんわり漂い、あちこちから物売りの口上が聞こえてくる。

「──スラスンヘン、スヘランショのパアパアパア、寿命も延びる唐人飴でござい」

「──花の色はうつりにけりないたずらに、しちみ世にふるトンガラシ」

「──ヤーイトナー砂糖水ゥ。きょうの水よぶ、なんの水、わかい小枝の水をよぶ。ハァ、ヤーイトナー、ヤーイトナー」

この飴屋辻は、武家地と町人地の境目にある〝隙間の町〟だ。

食料、塩、酒、布類といった世の主だった品々が日本橋から延びる大通りで運ばれる一方、その邪魔にならぬよう、薬、果物、獣肉、女物の装飾品といった品は『隙間』を通って運ばれる。

砂糖もそんな隙間で運ぶもののひとつであったため、道沿いに砂糖問屋の蔵や出店ができ、やがて菓子屋・飴屋も近くに並ぶようになっていた。

雑然とした界隈ではあるものの、その分にぎやかで、まるで終わらぬ縁日のよう。若いころから見廻りに来ているが、沖田はこの町が嫌いではない。孫を連れて来るようになってからは特にそうだ。

「どうだね、二人とも。何か食べたい菓子はあるかい?」

飴や饅頭といった甘味だけでなく煎餅、磯辺団子といった辛味まで色とりどりの菓子があふれていたが、近ごろ孫たちが好むのは――、

「とらは、あれがいい」

「くまも、サンノジ屋の飴が食べたいです」

そう言って、二人揃って同じ店を指差した。


「――さぁさ子供衆、買うたり買うたり。あめの花じゃ、あめェ花じゃ」


通りに入ってすぐの飴細工屋だ。

小さな店で、屋号は丸の中に横線を三本描いただけ。狭い入り口の前ではでっぷり

太った大男が、派手な飴売り衣装で飴細工をこしらえていた。

赤い頭巾に緑のちゃんちゃんこ、顔は白塗りという阿蘭陀(おらんだ)の道化を思わす格好であったが、顔が不細工なためにサッパリ似合っていない。おまけにこの巨漢の大きな手のひらと比べると飴は実際よりも小さく見えた。

見るからにどんくさそうな男であったが意外にも手先は器用で、いもむしのような指で握ったへらひとつで飴は見事な菊の花へと変わっていく。サンノジあるいはサンジと呼ばれるこの巨漢は、飴屋辻で一番の腕と名高い飴細工売りだ。――店先にはその腕前を見せつけるべく、役者や花魁(おいらん)、竜や鶴など複雑な形をした飴がいくつも看板がわりに並べられていた。

おまけに、いい白砂糖を使っているので味もよく、店主が醜男(ぶおとこ)にもかかわらず常に繁盛している。沖田の孫二人もお気に入りだ。

ありがたいことに、珍しく今日はすいていた。他の客がほとんどいない。

「いいとも、買ってやろう。――サンノジよ、ふたつ頼むぞ」

「おや、こりゃあ沖田の旦那、お見廻りご苦労さまでごぜえやす」

大男は注文を聞き、とらには猫、くまには仔犬を手際よくこさえていく。

「さぁさ子供衆、買うたり買うたり。あめの猫じゃ、あめェ猫じゃ。あめの犬じゃ、あめェ犬じゃ。さぁさ買うたり、ひとつ二八の十六文」

指先に集中が必要な分、口上は邪魔にならぬよう単調だ。それぞれ十も数えぬうちに三毛の猫と黒ぶちの狆ができあがる。

相変わらずの出来ばえに、孫たちはきゃっきゃと喜んでいた。

「あまーい。それに、いい匂いがする。白と茶色と黒いところで味がちょっとずつ違うのね。くまも早く舐(な)めなよ」

「結構です。くまは、ゆっくり食しますので」

食べ方には性格が出るものだ。とらはしばらく猫飴を眺めていたが、十も数え終わらぬうちに我慢できずに舐め始め、やがてガリガリかじりだす。

一方くまは、うっとりとした目で四方八方向きを変えつつ犬飴を見つめ続け、一向に口をつける様子がない。油紙をもらっていたので包んで持ち帰る気のようだ。

どちらが正しいというわけでもないが、同じ飴細工を与えただけでこれほどの違いが出るのは面白かった。それぞれ子供らしくていとおしい。

「沖田の旦那も、よかったら」

サンノジから小さな徳利(とっくり)形の飴をもらった。甘さは控えめで、ほんのり酒の味がする。――それに春らしく沈丁花(じんちょうげ)の香りも。とらが『いい匂いがする』と言っていたのはこれのことであったのだろう。

「なかなか旨(うま)いな。この飴は？」

「付き添いの大人用でさあ。子供だけで飴は買いに来やせんのでね。こうして大人向けの飴も売ると、うちの店を選んでくれるって寸法なんでさ」

鈍そうな顔に似合わず、きめの細かい商売をする男だ。――いや、むしろ『大男が知恵を凝らして頑張っている』という実直めいた姿こそが、飴をさらに美味に感じさせる。

「よい考えだ。さぞ儲(もう)かって仕方あるまい？」

「いえ、それが逆なんでやす。昨日から近くに別の細工師が露店を出すようになりやして、実入りが減っちまったんでさ。それで余計に工夫しねえといけねえんで」

なるほど、だから珍しく並ばずに飴が買えたということか。いつもなら店のまわりに人だかりができているというのに。

サンノジは飴でなく鯉(こい)の苦玉でも舐めたような面相となっていた。いつも温厚なこの男にこのような顔をさせるとは相手もなかなかのものらしい。

「旦那、よかったらあっちの店に行って、チョイトお叱りを入れちゃくれやせんか？先に商売やってるモンの邪魔をするとはけしからん、って。――お礼に、飴はタダで結構でやすから」

「飴代程度で勝手を言うな。貴様とて最初は新参であったのだろう」

逆に沖田に叱られて、大男は頰をぷうっとさせて拗ねる。四十過ぎでありながら十二のとらと同じ仕草だ。こういうところは醜男でも憎めない。

「おとら坊たちからも頼んでくだせえよ。看板として飾ってある飴、どれでもひとつ持ってって構いやせんので」

とらとくまの目が物欲で一瞬かっと見開かれる。——特にとらは前々からお目当てのものがあったため、今にもよだれを垂らしそうな勢いであった。

「そこの團十郎でもいい？」

「これっ、とら！」

沖田が咎めると、とらはショボンとした顔になり、サンノジも『どうやら頼みは聞いてもらえぬらしい』と同じ顔でしょぼくれる。

ちなみに、くまも本当は何か言おうとしていたようだが、先にとらが叱られたおかげで余計なことを口にせず済み、ほっと胸を撫で下ろしていた。この子は落ち着いているようで意外とちゃっかりした子でもある。

「さ、二人とも行くとしよう。これ以上話していたら何を頼まれるかわからん」

押し付けるように銭を払い、孫らを連れてその場を離れる。——歩きながらとらの頭を撫でてやると、しょげていた少女の顔はすぐ晴れた。

あのサンノジは、飴細工売りになるずっと前から沖田の知己だ。

手先は器用でときどき半端に知恵が廻るが、見た目の通りどんくさく、あまり賢い方ではない。なので昔からいろいろ厄介ごとに巻き込まれ、そのたびに沖田が面倒を見てやっていた。

気のいい男ではあるものの、やはり長いつき合いなので、先ほどのように顔なじみならではの甘えが出てしまうのだろう。困ったものだ。

そんなことを考えながら歩いていると——、

「——さぁさ子供衆、買うたり買うたり」

「じいじ様、あれがそうなんじゃないの？」

とらが目ざとく例の『あっちの店』とやらを見つけた。通りの向こうに女子供の人だかりができている。

千鳥の絵が屋号の屋台売りで、目元涼やかな色男がへらで飴を練っていた。赤い頭巾の飴売り衣装がよく似合っており、白塗りの顔も役者のよう。同じ飴細工売りでもサンノジとは大違いだ。

余談だが、このような格好で飴を売（ばい）をする者たちを『唐人飴売り』という。——本来は、赤や黄色のかつらで西洋人（唐人）の仮装をし、でたらめな外国語で歌ったり踊ったりする大道芸だ。ただし飴細工師の場合は手元が忙しいため歌や踊りは省略された。

ただ、それはそれとして、こちらの男、目は吊り気味で、化粧だけなのに狐の面にも似た面立ちをしている。——どことなく底意地の悪そうな顔つきであったが、女というものはこのような悪党顔に惹（ひ）かれるものであるのかもしれない。その点も、うすのろで人畜無害な印象のサンノジとはまるっきり逆と言えよう。

それと、正反対の部分はもう一つ。

「——さぁさ子供衆、買うたり買うたり……おっと買うたり。あめの小鳥じゃ、あめェ小鳥……いや、違った鶴だ。あめの鶴。いっちょう買うたり十五文、できあいだったら十二文……」

この色男、口上も腕もひどかった。天は二物を与えぬらしい。

よく通る高い声をしているくせに売り文句はたどたどしく、細い指の手元では雀（すずめ）と鰯が混じったような化け物ができあがっていく。

手際が悪くて時間をかけ過ぎるから形が崩れてしまうのだ。素人目にもわかる。染料の使い方も下手で、白いはずの鶴の羽はすっかり灰色になっていた。

（なるほど、サンノジが怒るわけだ。こんな相手に客を取られたのではな）

それでも繁盛しているのは飴売りが色男で、値段も少し安いため。——それと看板がわりに飾ってある腕自慢用の飴細工のおかげであろう。

花魁、役者、鳳凰の三つだけだが、どれもサンノジの店のものよりよい出来だ。何よりも色がいい。どんな染料を使っているのか、繊細な色使いが見る者の胸を打つ。

（この下手糞の色男でなく、別の職人がこさえたのだろうが……それでも大したものだ。飴とは思えん）

特に、真ん中に置かれた身の丈六寸（約十八センチ）の大花魁は見事としか言いようがない。形といい色といい、着物の柄や飾りの細かさといい、全てが息を呑む出来ばえだった。

「見て、じいじ様。こんなにきれいな飴があるのね。サンノジのおじさんとこより全然すごいわ。サンノジ屋の團十郎なんて、これとくらべたら子供だましのがらくたよ」

「おやおや、手厳しいな」

子供は正直で残酷だ。今のとらの言葉はとてもサンノジ本人には聞かせられない。──とはいえ色男の飴売りには一切興味を示していないため、またも沖田を安心させた。

一方、くまの顔にちらりと目をやれば、

「……ふうん」

こちらの孫も目を輝かせ、件の飴花魁に見入っていた。意外なことだ。こんな食い入るような顔を、この子がするのは珍しい。

「くまや、そんなにあの飴細工が気に入ったのかね？」

「いえ……。気に入ったというより気になるのです。──ほら、あの花魁、青い目をしているでしょう？」

言われてみれば、黒目に青みがかかっている。

それだけでなく白い顔にもうっすら青い色が混じり、本物の白粉を塗った太夫のようだ。

（さしずめ飴玉太夫といったところか。あの飴は玉ではないが。孫たちの前で『吉原で見た本物の花魁に似ている』などとは口にできぬけれども──）

しかし、この飴玉太夫が人目を引くのは、そんな『そっくりさ』のためであったのかもしれない。

と、そこに、とらが口を挟む。

「くま、よくご覧なさいよ。他のは目玉が小さいからわかりにくいけど、どれもよく見るとちょっとだけ青みのかかった色をしているわ。きっと、そういう染料を使ってるのよ」

なるほど言われてみれば、隣の役者と鳳凰もほんのうっすら色が青い。

「それとね、あんな高いものをじいじ様にねだっては駄目よ。ああいうのは〝分銀がけ〟といって、大金持ちのお大尽が子供に買ってあげるものなの。——まったくもう、くまはだだっ子なんだから」

「だだっ子ではありません。くまはねだってなどおりません」

とらがからかい混じりにたしなめると、くまはぷいっとそっぽを向いた。

相変わらず可愛い孫たちだ。もしかすると祖父を楽しませるために、この子たちは軽い諍い（いさか）を繰り返しているのかもしれない。仲が良いからこそのじゃれ合いだった。

「じいじ様も、くまを甘やかしたらだめだからね」

「ははは、わかった、わかった」

沖田の口元は、終始緩みっぱなしであった。

(──しかし、面白いものだな。二人そろって『甘やかすな』とは)

とらは『くまを甘やかすな』と言い、くまは『とらを甘やかし過ぎ』と言う。両方から責められるのは、どちらに対しても甘い顔をしているからだ。

だが、そもそも前提が間違っている。甘やかしているのは沖田ではなく、むしろ孫たちの方なのだ。よい孫というものは老人にとって最高の贅沢品であるのだから。

「さ、二人とも、そろそろ行こうか」

「はあい、じいじ様」

「はい、祖父殿」

沖田は孫たちを連れて歩き出す。

とらは今川焼きや饅頭も食べたがっていたが、あまり菓子を食べさせ過ぎるなと、この子らの母親──沖田にとっては娘──たちにうるさく言われていた。

本当は孫二人が饅頭を口いっぱいに頬張る顔も見たくはあったが、とはいえ母親たちの機嫌を損ねて『もう祖父のところに行くな』などと言われてはたまらない。ここは我慢のしどころだ。

刻はおおよそ七つ(午後四時)過ぎ。ほんのわずかに傾きかけた陽の下で、孫二人は歩きながら鳩笛を取り出しぽっぽぉと鳴らす。不器用な鳴き声は、妙に遠くまで響き渡った。

――と、そんなとき、沖田は急に背後から声をかけられる。

「オヤ、窓際の旦那じゃありませんか」

一瞬、誰だかわからず戸惑ったが、よく見れば奉行所の門前で掃除をしていた中間（ちゅうげん）だった。生意気な口を利いたあの若僧だ。

先ほどは黙って許したものの、今回はそうもいかない。

（こやつ、孫たちの前で〝窓際〟などと……。儂（わし）に恥をかかせる気か？）

沖田もさすがにむっとした面になる。

『無礼者』と十手（じって）で殴ってやろうか迷ったが、さすがに孫の前での乱暴狼藉（ろうぜき）は気が引けた。――そもそもしばらく十手を使っていないので上手く扱える自信がない。空振りでもすれば恥の上塗りだ。

なので、とりあえずは、うんと柔らかな物言いで叱りつけてやることにした。

「貴様、掃除はどうした？　なにゆえ、このようなところをウロウロしておる」

しかし中間はこともなげな顔。それどころか『この程度しか言い返せぬのか』と薄笑いすら浮かべていた。

「へい、明日からの仕度がありますので、早上がりをさせていただきました」

「明日の仕度？」

「聞いておられませんか？　明日より同心三席の加藤様のもとで御用聞きの岡っ引きとして十手を預かることになっております。見所があると、お取り立ていただきました」

　そういえば、前に同心部屋でだれかがそんな話をしていた気がする。

（なるほど、あの雷公殿のところで岡っ引きか。この不遜さはそのためだな）

　常々、沖田を軽く見ている加藤の態度が伝染したということらしい。

「ま、どなたかがろくに見廻りをせぬので、加藤様が手下の岡っ引きを増やしてくださることになったのです。窓際様にも感謝せねばならんでしょうな」

「ふん、構わぬぞ。好きにせよ。——十手持ちは嫌われるのも仕事のうちだ。貴様は存外、よい岡っ引きになるかもしれん」

「オヤ、手厳しい」

　男は薄笑いを浮かべたまま、ぺこりと頭を下げて去っていく。口調は存外丁寧であるのに、ろくに敬意の感じられぬ辞儀だった。

沖田の眉根に、皺（しわ）が深く寄る。

（……おっと、いかん。孫たちの前で怒った顔を見せてしまう）

指で眉間を擦（こす）りつつ、慌てて孫たちに目をやると、

――ぼっぽぉ、ぼっぽぉ。

――ぼっぽぉ、ぼっぽぉ。

ありがたいことに祖父たちの話など気にもせず、ずっと鳩笛を吹いていた。

笛に夢中で聞いていなかったのか、それとも話が難しくて途中で飽きてしまったのか。いずれにせよ中間とのやり取りを気にしているようには見えなかった。

よかった、と沖田は胸を撫で下ろす。

「どれ、日が暮れる前にさっさと帰ろう」

「はあい、じいじ様」

「はい、祖父殿」

不器用な土鳩の声が、名残惜しげに帰路に響いた。

「では、また近いうちに遊びにおいで」

家の近くまで送ってやると、孫二人は手をぶんぶん振りながら去っていく。あのまま寄り道しなければ、それぞれ明るいうちに帰れるはずだ。

（――とはいえ、さすがに早過ぎたか）

まだ日が暮れるまでしばらくある。もう少し遊んでから帰してもよかった。

（まあ、遅く帰すと娘たちがうるさいからな。今日のところは我慢我慢だ）

孫たちの住まいは武家地にある。

おおよそ四谷（よつや）と千駄ヶ谷（せんだがや）の中間あたり。お互い二町（約二百二十メートル）ほど離れてはいるものの、いずれも御家人（ごけにん）町で『下級武士だが、その中ではほどほど』あるいは『中級武士だが、暮らしぶりはさほどでもない』といった家禄の者が住んでいる。

つまりは『そのくらいの家に、娘を嫁にやれた』ということだ。

良縁だったと沖田は思う。当時、自分は仕事三昧（ざんまい）であったため、亡き妻の手柄ということになろう。決しておしどり夫婦ではなかったが思えば立派な妻であった。

おかげで娘たちは沖田よりも妻を尊敬しており、今でも父には手厳しい。孫たちについても『菓子を食べさせ過ぎるな』『高いものを買い与えるな』『暗くなる前に家に帰せ』と口うるさいことこの上なかった。

（いや、娘たちが正しいのはわかっているのだが……）

同心三席の加藤と同じだ。皆、正しいことばかりを言う。こちらは六十過ぎのヨイヨイなのだから、少しは手加減してくれてもよかろうに。

――ぶつくさ言いながら歩いているうちに、沖田も自分の屋敷に着いた。

彼の住まいは八丁堀（はっちょうぼり）。『八丁堀の旦那』などという言い回しもある通り、廻り方同心というものは大抵この近辺に住んでいた。

いわゆる同心屋敷と呼ばれるつくりの建物だ。表の側から見れば極めて簡素。下級武士たる同心に分相応の家屋に見える。――しかし裏手には、岡っ引きやその乾分（こぶん）を居候させる部屋や、十手の稽古をするための庭、大人数用の台所や便所などがあり、総面積はおよそ百坪。二百石以上の旗本（はたもと）屋敷に匹敵する規模を有していた。

江戸の武家屋敷の中でも極めて特殊な普請をしており、職務（つとめ）熱心な同心の屋敷には私設の牢や拷問部屋まで建て増しされているという。

沖田の屋敷も同様だ。しかし住んでいるのは、この老同心ただ一人。

「――戻ったぞ」

戸をくぐる際に声をかけたが、これはただの無駄な癖。

返事をする者など誰もいない。妻も娘たちもおらず、窓際同心となってからは岡っ引きの類が出入りすることもない。

一応、飯炊きや掃除のための老僕親子が同居してはいるものの、はなれに住んでいるため帰宅を出迎えてくれることはほとんどなかった。

（ま、静かでよかろう）

そう強がっていても、たまに心寂しくなることもある。

にぎやかな孫たちと別れた直後はなおさらだ。――台所から、かすかに煮豆の匂いがした。件の老僕が作ってくれたものらしい。夕餉はこれで一杯やるとしよう。

羽織を脱ぎ、十手と差料を腰から外し、座布団に腰を下ろして一息つく。

「今日は、よい日だった」

誰もいないのに、わざわざ声にして言った。

自らに言い含めるようでもあったが嘘ではない。心の底から出た言葉だ。

加藤殿や中間から気に食わぬことを言われたものの、あれほど愛くるしく見目麗しい孫らが遊びに来てくれたのだ。これほど幸せなことはない。差し引きでいえば大幅に黒字であろう。

（あの生意気な中間の言葉も、孫たちは聞いてなかったようであるしな）

あのような者に馬鹿にされていると知られず助かった。

——いいこと尽くしの一日ではあったが、それゆえ一人きりになると怖くなる。

（とらとくまは、いい孫だ。儂をあんなに慕ってくれる。——あの子たちのじいじ様でよかった）

しかし、それはいつまでの話であるのか？

とらは今のところ色恋に興味はないようだが、いつかかんざしをくれた子たちの誰かと深い仲になるのでは？　そもそも少年たちはかんざしを贈りたくて猿芝居でわざととらに負けたのではないか？

今は違っても、いずれはそんな日も来るやもしれぬ。

くまも、今でこそほっそり小柄な子であるが、すぐに背が伸び、おんぶもできなくなるだろう。そのころにはもう祖父と遊んでなどくれまい。あんなに賢く大人びた子なのだ。

いや、そもそも、あの子たちにこれほど好かれていいものなのか？　自分は、ただ祖父だというだけではないか。愛される資格は本当にあるのか？　——それを思うと不安になる。

（……いかん。つい余計なことを考えてしまう）

これも歳のせいに違いあるまい。

外は、まだ明るい。やっと空が赤らみ始めたばかりだ。

沖田は浴衣（ゆかた）に着替えると、冷えた煮豆を鉢によそい、一人早めの晩酌をする……。

＊＊＊

江戸は水の都だ。町のあちこちを小さな川が縦横無尽に流れている。——それらの多くは貨物運搬用に掘られた人工の水路であり、本当は川でなく濠（ほり）と呼ぶのが正しい。

だが町が創られて既に二百四十年。両岸には土が積もって草も生え、たんぽぽが咲き、虫や小鳥が飛び跳ねる。

川たちも自分が天然の地形でないことなど、とうに忘れているに違いない。


——ぽっぽぉ、ぽっぽぉ。


川端で、土鳩が一羽鳴いていた。

『生意気な中間』こと志賀彦五郎（しがひこごろう）は二十一歳。

浪人の子だ。そのため口は悪いくせに、どこか言葉遣いに武家訛りがある。彼の父は西国某藩の国侍であったが、つまらぬ諍いで放逐の身となり、江戸に流れてきたという。——彦五郎は江戸に来てから生まれた子で、貧乏浪人としての父の姿しか目にしたことはなかったものの、それでも『さむらいの子だから』と幼いころから柔剣術の道場に通わされていた。

腕はなかなかのもので、ことに柔術では他流派の人間にまで名を覚えられるほど。奉行所で働くようになったのも道場からの推挙である。

なので、油断をしていたのかもしれない。

（——明日から、俺も十手持ちの御用聞きサマか）

頬が赤いのは蕎麦屋で軽く酒を入れたからだが、同時に興奮のためでもあった。

彼は沖田とその孫娘らと別れたのち、髪結い床で鬢付け油を塗りなおし、帯と草鞋を新調した。明日からは、この新しい帯に十手をさして歩くことになる。

せっかくだからと値を奮発したが、なあに大したことはない。

岡っ引きというものはやくざの地回りと同じで、町を歩いているだけで袖の下が入ってくるものなのだ。

彼に十手を預ける加藤同心は仕事熱心で、他にも岡っ引きを複数抱えている。そのため一人あたりの利権は小さなものになるかもしれぬが、それでも帯の一本や二本程度すぐに稼げるに決まっていた。

（いずれ道場の連中を乾分にして、江戸の町をのし歩いてやる。女どもも放っちゃおくまい）

輝かしい未来に胸を膨らませながら彦五郎は帰路につく。酒のため足取りはわずかにふらついていた。

空はそろそろ夕焼け。周囲に人の気配はない。

そんな寂しい、川沿いの道で——、

「——貴殿、なかなかの腕前とお見受け申す。一手御指南願いたい」

不意に、背後から声をかけられた。

意外であった。——いや、『一手御指南』は武芸者に喧嘩を売る際の決まり文句であり、彼も多少名の知れた身。このような形で勝負を挑まれたことは、久々ではあるが初めてではない。

ただ、その声が、あまりに若い。

むしろ幼いと言うべきか。まだ子供の声であったのだ。

振り向いて、さらに驚いた。

「お前、まさか――」

そこにいたのは、声にたがわず幼い子供。

それも、ただの子供ではない。顔こそ手ぬぐいを巻いて隠していたが、まつげの長さに着物の柄、手や腰の華奢さ。間違いない。

この子は、女。――それも見覚えのある娘であった。

「お前、〝小鳥〟か……？　窓際様のところの――」

「問答無用！」

覆面の少女は、彦五郎が見たことのない武器を頭上でぶんぶんと振り回すや、

「ヤアッ」

と気合一閃、投げつけた。

この武器の名は〝微塵錘〟。

あるいは単に微塵、ないしは雁字ともいう。――先端に分銅をつけた鎖や紐を三本束ねたものであり、敵が近くにいれば振り回して敵の脳天を分銅で打ち、離れれば投げつけて鎖を手足に絡みつかせる。振り回す際には微塵、投げる際には雁字と主に呼

ばれた。『雁字がらめ』の語源でもある。

もとは猟師が狩りや護身に使う道具で、戦国の世においては忍びの者たちが暗器に用いたと伝えられる。ただし今回は、そのへんの石ころを紐でゆわえただけの間に合わせの品だ。

少女の手から放たれた瞬間、石の重みで紐は広がり、くるくる回転しながら彦五郎へと巻きついていく――。

「アッ、動けん⁉」

こんな単純な玩具もどきでも、大の男の手足を封じ、身動きできぬようにすることは可能である。じたばたともがく彦五郎を少女はそのまま、

――どぼん。

と、川に蹴り込んだ。

「あはは、ざまあみなさい。これに懲りたら、お年寄りには礼儀正しくすることね」

手ぬぐい覆面の娘は、そのまま走って逃げていく。

水音で人が集まってきていたので、あの男も溺れることはないだろう。すぐに助け

てもらえるはずだ。

もとより命を奪う気などない。頭を冷やすことができればそれでいい。

「とら姉、こっちです。こちらの道なら見つかりません」

「うん、わかった」

相棒の道案内で、少女は裏道に入って姿をくらます。あらかじめ道を調べておいたおかげで、人目につかず立ち去れた。

中間の彦五郎を襲ったのは、沖田の孫娘らであったのだ。

「あいつ、全然たいしたことなかったわ。歩き方からして柔術使いだったんだろうけど、こんな子供に負けるだなんて」

「ご謙遜は不要です。あの男が弱いのでなく、とら姉の腕が達者なのです」

褒められて、とらは「へへへ」と照れ笑いしながら鼻を擦った。

とらの父、藤林道順（ふじばやしどうじゅん）が幕府の武芸指南役であるのは既に述べた通りである。——といっても二十六人いる武芸指南の一人でしかなく、教える相手も下級武士ばかり。そこらの町道場主と変わらない。

ただ、真偽のほどは定かでないが藤林家は伊賀忍びの末裔（まつえい）を名乗っており、そのため門人もやはり忍びの子孫を標榜（ひょうぼう）する伊賀甲賀同心の子弟らが多かった。

とらが珍しい武器を教わることができたのも、それが理由であったのだ。

「本当、ざまあみなさいっての。じいじ様に意地悪をするのが悪いのだからね」

あの男の口にした〝窓際〟という言葉の意味はわからぬが、口ぶりや祖父の反応からして悪口なのは間違いあるまい。子供のとらでも、そのくらいは察しがついた。

ならば、とっちめてやらねば気が済まぬ。

祖父と別れたのち、とらはくまを連れてすぐさま飴屋辻へと引き返す。——そして手分けして彦五郎を捜し、見つけたら『ぽっぽぉ』と鳩笛を鳴らして合図を送る。途中でとらは石ころを拾って微塵錘を作り、くまは人目につかない逃げ道を探す。

こうして二人は見事彦五郎を見つけだし、祖父の仇を討ったのだ。

藤林家の家系図が本物かどうかは議論の分かれるところであろうが、とらの鮮やかな手並みはまさしく忍びの者のそれであったろう。

「やり口は多少乱暴でしたが、とら姉は正しいことをなされました。ご立派です」

「そう？　やっぱりそう思う？」

知恵者のくまがそのように言ってくれるのは心強い。——きっと、今から語る企てについても賛成をしてくれるはず。とらはそう確信して打ち明けた。

「ねえ、くま、あちしい思うの」

この少女は普段、自分のことを『あちし』と呼ぶ。町娘のようで行儀が悪いため祖父の前では使わぬように気をつけていた。

「もしかして、あの柔術使いの中間以外にも、じいじ様に意地悪なこと言うやつがいるんじゃないの？　もうお年寄りだからってさ」

「かもしれません。ですが、さすがに全員川に蹴り込むわけにはいかないでしょう」

「うん、だからね……」

ついさっき、裏道を走りながら思いついたことだ。くまほど賢くはないものの、とらも体を動かすと知恵が湧くことがある。――今回のものは特によい考えだと、我ながら思っていた。

「じいじ様にね、大きな手柄を立てさせたいの」

自信たっぷりに発したとらの言葉に、くまは顔をキョトンとさせた。

「手柄、ですか？」

「ええ、だって町奉行所だもの。大手柄を立てた同心は一番偉くて、誰も悪口なんて言えないはずよ」

「それはそうかもしれませんが――。でも、どうやって？」

「だから、あちしたちが咎人を捕まえればいいのよ。岡っ引きの手柄は同心の手柄になるのでしょ？　だったら、あちしとくまでやりましょう」

「やるというのは……つまり、祖父殿の岡っ引きを？　子供が二人でですか？」

「そ。いい考えでしょう」

　さっきの彦五郎は、明日から十手を預かるのだという。あんな程度の男でいいなら、自分たちにもこなせるはずだ。

「どう？　いっしょにやってくれるわよね？」

　改めて訊ねると、くまはまたしてもキョトン顔。とらの話があまりに無茶で、あきれ返っていたのだろうか。

　だが、この賢い子はしばしの間、腕を組んで考え込むと——、

「よろしい、ぼくらでやりましょう」

　こくん、と朱手絡の頭を縦に振った。

弐「菓子刃傷」

（ぼくらが岡っ引きなんて――。とら姉はいつもでたらめなことばかり思いつく）

しかし、面白そうだ。くまは改めて感心をした。

さすがに子供の身では、奉行の許しを得た正式な岡っ引きというわけにはいかないだろう。とはいえ、それでも十分楽しいはずだ。

（この従姉（ひと）はよく『お転婆で子供っぽい』と言われてるけど、本当はぼくよりずっと頭がよいのかもしれない）

とらが普段、自分を『あちし』と呼ぶように、くまは自分を『ぼく』と呼ぶ。

近年、文化人たちの間で流行している一人称だ。くまがこの呼び方を使うようになったのは、父親やその周辺の影響による。

父の名は安倍石英（あべせきえい）といい、幕府天文方（てんもんかた）に勤める学者であった。――身分も禄も高くはないが、才があり、学者仲間からは勉強熱心で知られていた。

天文方の主なる役目は、暦を作ることである。星や太陽の観測はそのための手段に過ぎない。古来、暦や元号というものは国の主権そのものであり、もし他の国から暦を輸入するとなれば、それはすなわち『相手国の文化圏に入る』ということを意味した。

なので制度の硬直化した幕府体制下でありながら、天文方においては身分に関係なく優秀な人材が登用されており、欧羅巴（ヨーロッパ）諸国の書物を読むことさえ眉をひそめながらも許されている。――安倍石英は、そんな恵まれた環境下にある学者の一人だ。

そのような父や、父を訪ねてくる学者・知識人たちの真似をして、くまも『ぼく』を使うようになっていた。

ちなみに祖父の前では、従姉のとらに倣（なら）って子供らしく『くま』と自分を名前で呼んでいる。その方が可愛がられるだろうからという、子供らしからぬ算段であった。

「しかし、とら姉、大手柄はよろしいですが、どのような手柄を祖父殿に？　何か、あてでもあるのでしょうか」

「あるわけないでしょう。お前の方が頭がいいのだから、それはそっちで考えてよ」

「ずいぶんと勝手なことを」

感心して損をした。とらが賢いというのは、どうやらくまの買いかぶりであったらしい。

（――とはいえ、心当たりはなくもないか）

そんなことを思いながら歩くうちに、気がつけばもう家の前にいた。

「じゃあね、くま」

「はい。お見送り、ありがとうございます」

送り届けてくれたとらに、くまはぺこりと辞儀をする。

空はぎりぎり夕焼けとはいえ、もうだいぶ薄暗い。夜になる前に帰ってこいと母に言われていたのだが――。

（……『夜になる前』に間に合ったかな？）

「ただいま帰宅いたしました」

「くまや、なぜこんな遅くに帰るのですか。いったい、どこで遊んでいたのです？」

どうやら間に合わなかったということらしい。戸を開けるや、いきなり母から叱られた。

「申し訳ございません。とら姉と、祖父殿のところに行っておりました」

「あら。では、とらもまだ近くにいるのですね？　だったら、何か土産（みやげ）でも持たせてあげませんと。――とらや、とら。こちらにいらっしゃい」

猫撫で声だが、ついでに説教をする気だ。眉の引きつり方でわかる。

しかし外を覗くと、とらの姿は既になかった。怒られそうだと察したため、さっさと走って逃げたのだろう。

あの従姉、結局賢いかどうかはわからぬが、少なくとも勘は利く。まるで野生の鳥獣のようだ。くまは母親に気づかれぬよう、くくっ、と声を殺して笑った。

「まったく、とらときたら。姉上から厳しく言ってもらいませんと。――くま、あなたもですよ。今日という今日は、父上にうんと叱っていただきますからね」

くまたちの住まいは『武家屋敷』ではなく『家』である。

実際、もとは武家地出入りの大工が住んでいた家で、玄関や台所などを除けば居間、寝室、客間、父親の仕事部屋兼書庫の四部屋のみという、こじんまりとした普請であった。さすがに屋敷と呼ぶのはおこがましい。

くまがたらいで足を洗ってから居間に上がると、件の父は行灯(あんどん)の前に胡坐(あぐら)をかき、書物を読みつつ何やら手づかみで食べていた。

欧羅巴事情について書かれた本だ。近年、国際情勢が複雑化しており、また英吉利(えげれす)と清国が阿片(アヘン)貿易を巡って戦(いくさ)をした件もあって、学者たちはよく意見を求められるのだとか。――父石英は我が子が入ってきたのに気づき、頁(ページ)をめくる手を止めた。

「球磨くん、こちらにおいで」

「はい、父上」

「きみも一つ食べなさい。昼間、天文方の皆で作った」

『くん』や『きみ』も、『ぼく』と同様、文化人たちの流行り言葉だ。

父の差し出した皿には切ったかすていらが載せられていた。かつては大名や豪商しか味わえぬ珍味であったが、昨今では庶民も気が向けば食べられる程度の『ちょっとした贅沢品』となっている。

材料は卵とうどん粉と水飴で、本来は専用の窯(かま)を使うものだが、味が落ちるのを気にしなければそこいらの鍋でもなんとか作れた。

父たちが作ったものは鍋で作った『味が落ちるのを気にしなければ』の方だ。形が崩れているのですぐわかる。くまは一切れつまんで口に入れたが——、

「どうだね球磨くん、美味(うま)いかい？」

「……slecht(くそまずい)です」

外半分は焦げているのに内側は生焼けで、そもそも甘みが足らず、それどころかほのかに醤油(しょうゆ)や昆布出汁(だし)の味がする。くまは渋柿でも食べたような顔になり、それを見て父はカラカラと笑った。

「そうか、やはりslecht（くそまずい）か。ぼくもそうだと思っていた。酒飲み連中が、下戸どもの反対を押し切ってこの味つけにしたのだよ。やはり蕎麦つゆなど入れるものじゃないな」

いや、そもそも焼き具合をしくじっているため、何を入れていようと不味（まず）いことに変わりはなかったであろう。――なのに父は、もったいないのか、それとも意外に気に入ったのか、また手づかみで一切れ口に放り込んだ。

白湯でゴクリと飲み込んだのち、「さて」と改めて説教を始める。

「球磨くん、なぜ久喜（くき）くんが怒っているのかわかるかい？」

「わかります。ぼくが遅くまで遊んでいましたので……」

久喜は、彼の妻――くまの母の名だ。この父親は、自分の妻もくん付けで呼ぶ。

「それは『理由』だが『原因』ではないな。原因の方を言いたまえ」

この父親は、子供を叱る際に声を荒らげることはない。さすがは学者。こうして整然と理を説くのみであった。――普通の子供にとってどうかは知らぬが、くまには怒鳴るよりもずっと効果がある。

「それは……母上がぼくを心配しているからです。世の中は物騒であるし、ぼくは昔、体が弱かったので」

といっても、くまが病弱だったのはうんと小さなころの話であり、今は普通の子より少し体力がないという程度。なのに母の久喜は、今でも『どこかで具合を悪くして倒れてはいないか』とずっと不安のようだった。母親というのは、そういうものであるのだろう。

「そうだ。それが第一。──第二に、祖父殿のところへ遊びに行ったというのも、あまりよくないことだろう。沖田柄十郎殿は母方の祖父だ。ぼくは構わないが、しょっちゅう出入りすると、父方の家をないがしろにしているように人から見られるかもしれない。わかるかね？」

「わかります。世間体というものですね」

この父子はそろって世間の目というものをさほど気にせぬ性分だ。とはいえ──、

「そうとも。それに奉行所に遊びに行くのは、祖父殿の世間体にとってもよろしくないのではないかな？」

そう続けた父の言葉は、さすがにくまの胸に刺さった。

実のところ、くまも多少は気にしていた。祖父殿が他の者たちから軽く見られているとすれば、原因はくまやとらにもあるのではないか？　孫と遊んでばかりであるから、今日も中間に悪口を言われたのではなかろうか？

岡っ引きになって手柄を立てさせるより、自分と従姉が我慢する方が、祖父のためにはなるかもしれぬ……。

「では父上、ぼくととら姉は、もう遊びに行かない方がよいのでしょうか？」

「そうは言わないよ。義父上殿も喜んでおられるし、行かぬ方が気の毒だろう。──それに寅くんはどうせ止めても遊びにいく。きみは寅くんが好きで、いっしょに遊びたいのだろう？」

「……はい」

くまは俯きながら、ほんの小さく頷いた。改めて『好きか』と聞かれると、ひどく照れくさい気持ちになる。頬が勝手に赤らんだ。

「ならば、ぼくも止めはしない。しかし、久喜くんに心配をかけるのはｓｌｅｃｈｔ。今後はｈａｎｄｉｇやりたまえ」

そう言って父は、また鍋かすていらの皿を差し出す。

くまは一番焦げている一切れをつまみ、うんと苦そうな顔で頬張った。父も頷きながら、もう一切れ口に放り込む。

これは、この父子なりの決意の表明であり誓いの証しであったのだが、ちょうど夕餉の膳を持ってきた母に「また食事前にそんなものを食べて」と、二人そろって叱られた。

夕餉の焼き鰯を食べながら、くまは思う。

従姉のとらも今ごろ叱られているのだろうか。学者の子である自分がこれほど念入りに絞られたのだ。武芸者の子である従姉も今ごろこっぴどく叱られているかもしれない。ぶたれたりはしてないだろうか？　心配になる。

それとも逆に、武芸者の子は帰りが遅くなったくらいで怒られたりはしないものなのか？

だが、いずれにせよ、今は従姉のことよりも——、

「父上、お伺いしたいことが」

「なんだね」

「飴の色がｂｌａｕｗ（あお）になるのは、なぜでしょう？」

飴花魁の青い瞳が気になった。

＊＊＊

その夜更け——。飴屋辻にて、一人の飴細工売りが殺される。

ただし死体が見つかるのは翌朝、日が昇ってからのことであった。

＊＊＊

前に述べた『とうからは～』の川柳であるが、その返歌であるのか下の句なのか、

『——おんなとうから　おとこはなんばん』

などと、上手いことを言う者もいた。

南蛮というのは葱（ねぎ）のことで、この呼び方は蕎麦屋の鴨南蛮などでも馴染（なじ）みがあろう。

葱は小さな芽のときからずっと同じ色形のまま大きくなる。

女は十歳（とお）から唐々（とうもろこし）の実のように色づいていくものであるのに、男は何歳（なんばん）になっても小さい子供と変わらない。——六十五歳の沖田柄十郎は、最近とみにそれを実感していた。

（……朝か）

差し込む朝日で目を覚ます。時はすでに五つ（午前八時）過ぎ。

小便が近いため本当は夜明けよりずっと前に何度か起きていたのだが、昨日の孫たちの姿を思い返しているうちに、すっかり二度寝、三度寝をしてしまった。これでは寝ぼすけの小僧と変わらない。

部屋の外からトントンと葱を切る音が聞こえた。薪がぱちぱち燃える音も。件の飯炊きの老僕が朝餉を作ってくれているのだろう。布団から出て、台所を覗いてみると――、

「あら、旦那さま、お早うございます」

「おや、丹兵どんでなくお咲さんであったかい」

葱を切っていたのは老僕でなく、二十六になるその娘であった。

「おとうは、昨夜からまた腰を痛めてまして」

「そうかい、お大事にな。あとで痛み止めを分けてあげよう」

最近は、父親の代理でこの娘が飯炊きをする日が増えていた。

（残念だ。丹兵に孫の自慢をしたかったのだが）

同い年の老僕を相手に『うちの孫はこんなに可愛い』『こんなに大きくなった』と

話をするのは沖田の朝の楽しみであった。

一方、丹兵の側には孫どころか曽孫がおり、逆に自慢し返されることも多く、毎回ちょっとした勝負になる。

(この娘に孫の話をするのは、さすがに酷であろうな)

お咲は丹兵の三女であり、商家に嫁いだが子宝に恵まれないため離縁され、先月から父親と同心屋敷のはなれで暮らしていた。——その身の上は気の毒であったが、我が子と同居している老僕を沖田は羨ましくも思う。その回の自慢勝負は惨敗だった。

この娘は年増で出戻りとはいえ、なかなかに見目よい。

おまけに、さっきまで竈の前でしゃがんでいたため着物の裾を尻近くまでたくし上げ、腿を露わにさせている。他にも、たすきがけで出した二の腕といい、乱れた襟から覗く胸元といい、まだ三十前であるというのにいずれも脂の乗った女盛りのそれであった。

煮炊きの煤で顔は黒くなっていたが、にこりと笑う歯だけは白い。

「あらまあ、旦那さま、あんまりこちらを見ないでくださいまし」

お咲がころころと笑い出したので、沖田は慌てて目を逸らす。

別に脚を眺めていたわけではなかったが、たしかにあまり見るべきではあるまい。

先日もこの年増娘は自分の父に、

『――旦那さまは、あたしが飯を炊いてると、いっつも覗きにくる』

と白い歯を見せながら語っていた。もちろん誤解だ。いつも台所に行くのは丹兵と話すためなのだ。

どうにも、このお咲は苦手だ。やはり男は南蛮。いくつになっても女に翻弄されるものらしい。沖田は居間へと退散した。

やがて飯の蒸らしも終わり、朝餉となる。

献立は、炊きたての白飯に、葱と豆腐の味噌汁、鮒の甘露煮を一欠け、大根の漬物二切れ。それから昨夜の煮豆の残り。

嫁ぎ先で仕込まれたのか、お咲の作る食事はどこか味に品があった。おそらく上方風なのだろう。老人の胃にも優しい。――とはいえ、多少物足りなくもある。

（もう少し濃くてもよいのだが……）

煮豆だけは丹兵の作であるため塩気が強く、おかげで飯を最後まで食えた。やはり年寄り同士は気が合うものだ。

薄い味噌汁を飲み干して、一息ついたちょうどそのとき――。

「――沖田の旦那、御用事でございます」

裏手から、聞き覚えのある声がした。

しばらくするとお咲に案内され、声の主は沖田のもとへと上がってくる。珍客だ。それも望んでおらぬ客であった。

「オヤ、朝餉の途中でしたか……」

「なあに、もう食べ終えた。今朝は『窓際の旦那』とは呼ばぬのだな?」

来たのは、あの生意気な中間であったのだ。

――いや、今朝からはもう〝岡っ引きの彦五郎〟と呼ぶべきか。尻をからげた股引(ももひき)姿で、新品らしき帯にはやはり真新しいぴかぴかの十手を差していた。一目でわかる岡っ引き姿だ。

(しかし、こやつの態度、どうにも妙だな?)

部屋に来たとき、鼻の下が伸びていたのはお咲の姿を見たからであろう。あの脚と胸元と二の腕だ。さもありなん。

なのに沖田と目が合うや、彦五郎は急に怯(おび)えたような面持ちとなった。

　昨日まであれほど舐めた態度をとっていたのに、何ゆえ、このような顔をする？　御勤め初日だからと緊張するようなたまでもあるまい。

「どうした？」

「い……いえ、あの──昨日はとんだご無礼を！　……ときに、お孫様たちはどちらにおいでで？」

「孫？　それぞれの家におるはずだ。一緒には住んでおらぬ」

　すると、この新米の岡っ引きは、ほうっと安堵の息を吐く。

　先ほどの怯えも理解できぬが、どうして孫がいないと安心するのか。まったくもって意味がわからない。──まるで、とらやくまを恐れているかのようではないか。本物の虎や熊ではあるまいし。

「どうにもおかしな男だな？　それで彦五郎、いかなる用事だ。孫たちがどうかしたというのか？」

「いや、お孫様たちは関係ないのですが……」

「では、なんだ？」

「へい、加藤様からでございます。──今朝方、飴屋辻で死体が見つかりまして。沖田様にも来てもらうようにと」

「なんと？」

わざわざ呼ぶということは、事故や病でなく殺しであろう。

どうやら久々の大仕事であるらしい。

＊＊＊

沖田は窓際同心であるから、本当は捕り物などしたくない。

下手人（げしゅにん）捜しであちこち駆けずり回らねばならぬし、いざ突き止めたところで大人しくお縄についてくれるはずもなかった。逃げる相手を走って追ったり、暴れるところを押さえつけたりせねばならぬ。

六十五歳の身には厳しい。

（——とはいえ、そうも言っておられぬか）

飴屋辻は沖田の縄張りだ。あの一帯で起こった事件（やま）は、彼が受け持つことになる。

菓子で人気の飴屋辻だが、決して治安のよい町ではない。——昼こそ女子供も往来できるが、日が落ちればやくざ者や酔っ払い、浮浪の流民といった連中が闊歩（かっぽ）するがゆえ、柄の悪い区画へと変貌する。

さすがに殺しは滅多にないが、喧嘩や盗み、ゆすりなど、番屋のみで片づく程度の事件は絶えない。

なにせ〝隙間の町〟だ。

町人地と武家地の境目で、おまけに近くには寺社地もある。そのため、どの役所の受け持ちなのかがはっきりしない。

町人地なら町奉行所、武家地ならば目付衆、寺社地は寺社奉行の扱いとなるが、隙間の地はいずれも『余計な仕事を増やしたくない』あるいは『他所の仕事を取ってはまずい』と、及び腰になるものだった。

本当は、町奉行所の同心もウロウロせぬ方がよい場所だ。――つまり沖田があのあたりを縄張りにしているというのは、彼が『厄介な町を押しつけられている』ということでもあった。

（やれやれ。昨日、孫と菓子を買いに行ったのが嘘のようだ）

沖田は息を切らしながら早足で道を行く。

すぐ後ろには、もと中間の彦五郎もついてきていたのだが――、

「沖田様、昨日はたいへん失礼をいたしまして……」

「もうよい。何度同じ話をする気だ」

やはり奇妙だ。この新米岡っ引きは道中ずっとペコペコ謝り続けていた。沖田は息を切らしつつも首をかしげる。

そのうちに、彦五郎が「くしっ」とくしゃみをした。

「風邪か？　川にでも落ちたのか」

「ひいッ……いえ、川なんて！　昨日はたいへんご無礼を——!!」

また頭を下げられた。しかも、それまでより深々と。やはり意味がわからない。

ちなみに、なぜ『川に落ちた』と思ったかといえば、短い水藻が一筋、髪に絡まっていたためだ。剃りたての月代からして髪結いに行った直後のようであったから、その後に落ちたということになる。

昨日、あれからこの男に何があったというのだろう？

首をかしげたまま、沖田は飴屋辻を奥へと急ぐ。

表通りから脇に逸れ、うんと裏道を奥へ奥へと。——気がつけば、もう周囲に店は見当たらず、菓子の香りや口上の声も届かない。町で働く者たちの住むどぶ板長屋があるばかり。

そんな長屋のうちの一軒に、人だかりができていた。

「沖田様、こちらです」

「そのようだな。——通せ。御用であるぞ」

十手で人ごみを掻(か)き分けて進むと、後ろで彦五郎も十手を抜いて「そうだ、御用だ」と真似をする。

やがて野次馬だらけの部屋まで辿(たど)り着くと、そこには……。

「……ご覧ください、ホトケです」

「ウム、見ればわかる。貴様、何を震えておる?」

彦五郎は顔を青くさせながら、膝をガクガクとさせていた。

驚きだ。この不遜な若僧にも、死体を怖がるしおらしい心があったとは。

(生意気なだけかと思ったら、意外に愛嬌のある男なのだな。——たしか柔術使いであったはずだが、屍(しかばね)なんぞに臆病なところを見せおって)

そこらの悪(わる)がきでさえ、肝試しで刑場見物に行くというのに。

しかも大層な死体ではない。

狭い長屋の部屋の真ん中で、男が一人、仰向(あおむ)けで倒れていただけだ。——死因はおそらく胸の傷。短刀か包丁で刺されたものだが、血はほとんど出ていない。ほんのり着物に赤く染み出している程度。

心の臓に上手く刺さると瞬時に脈が止まって、このような『きれいな死体(ホトケ)』になるものだった。

「どう思います沖田様？　この刺しっぷり、下手人は相当殺し慣れしてる奴なのでしょうな。……うっぷ」

「オイ、まさか吐く気ではなかろうな？　それならば表でやれ。足跡や遺留品(のこし)を消さぬよう、邪魔にならぬところで吐くのだぞ。そうさな、野次馬どもの足にでもひっかけてやるがいい」

大げさなやつめ、と沖田は呆れる。

だが、気持ちはわからないでもない。この男は今日が仕事始めだ。とっくに忘れてしまったが、自分も最初はこのくらい震えていた気もする。

「ホトケが綺麗だからといって下手人が殺し慣れしているとは限らぬぞ。適当に刺そうと、刺さりどころによっては血は飛ばぬものだ。それよりも……」

沖田が気になっていたのはホトケの顔。それと、床に散らばっていた品々だ。

「こやつ、昨日の色男ではないか」

よく見ればこの死体、昨日見た色男の飴細工売りであった。――白塗りでないためわからなかったが、足元の飴を踏んで思い出す。

床には、揉(も)み合った際に落ちたのだろう、商売ものの飴細工があちこちに落ちていた。

看板飾りの役者と鳳凰、さらには自分で作った下手糞な鶴に犬猫、金魚まで。しかも鳳凰飴などは落ちた拍子に砕けてばらばらとなっていた。やはり細工が細かいと脆いらしい。皮肉にも、雑なつくりのものはどれも無事だ。

(気の毒なものだな。こんなことなら昨日、孫たちに買ってやればよかった)

目の前に屍が転がっているにもかかわらず、沖田は飴売り本人よりも華やかな飴たちの残骸に同情や憐憫を覚えてしまった。

(――いや、さすがに飴以下というのはホトケに悪いか。せめて真面目に検分してやらねば)

刺された傷をよく見ようと、色男の着物をまくると――、

「おや?　はて……。彦五郎よ、このホトケ、妙なところがあるぞ」

「いえ、あっしは見たくありません。本当に、もう戻しちまいそうで」

「いいから見てみよ。――このホトケ、乳房がある」

二十一歳の若者は『乳房』という言葉に思わず死体を覗き込むが、傷口をまともに見てしまい、目を白黒とさせていた。

沖田は無視して検分を続ける。さほどふくよかではなかったが、間違いなく女人の

乳だ。女形役者のような色男と思っていたが、本当に女であったとはな。ならば、この美形も頷ける」

「できれば生きてるうちに乳を拝みたかったものですな……」

なぜ男の格好で飴細工売りをしていたのか。理由はいくつか思いつく。

一つは、女の飴売りがご法度であるためだ。派手な衣装で衆目を引く商売は、女人がすると風紀が乱れる。最初は男と同じ格好であっても、競争が激しくなるにつれ次第に肌を露わにしていき、中には春を鬻ぐ者も出て来よう。――少なくとも御公儀のお偉方連中はそう考えているらしく、先日も老中直々の風紀引締め令にて『女飴売りはけしからんので禁止である』とわざわざ念押しされていた。

あるいは、身元を隠すためということもあり得る。顔を白塗りにした飴売りは、一見誰だかわからぬものだ。変装にはもってこいの職であった。

他にも、ただの男装趣味やら、ご法度を破ること自体が愉しみやらと、いろいろ理由はあったかもしれぬ――。

（――おっと、いかん。着物を戻してやらなければ）

つい、乳房を晒したまま、長々考えごとをしてしまった。

これではホトケも恥ずかしかろうし、人に見られれば何を言われるかわかったものではない。

（特に、あの口うるさい雷公殿に見られでもしたら……）

きっと、またお説教されるに違いない。想像するだけでウンザリする。——沖田が同僚のしかめっ面を思い浮かべていると、

「——沖田殿、やっと来られましたな」

まさにその顔に声をかけられ、「おおッ」と妙な声を発してしまった。

「……？　沖田殿、今のは、いかなる意味ですかな？」

「いや加藤殿、急に声をかけられ驚いただけで——」

雷公同心こと同心三席の加藤であった。

よくよく考えてみれば驚く理由は何もない。なんの不思議があるというのか。加藤はもとからこの殺しの件を知っており、だからこそ彦五郎を使いとして沖田のもとへと寄越したのだ。

加藤も、まさかこのように驚かれるとは思っていなかったのだろう。逆に戸惑いの表情を浮かべていたが、すぐに普段の険しい面持ちに戻った。

「まったく……。御役目中なのに気を張っておられぬから、そのような声が出るので

すぞ」

「面目ない」

返す言葉もない。雷公殿の言う通りだ。

ただ意外なことに、同僚のお小言はここで終わる。——代わりに、聞いてもないのに事件の説明をし始めた。

「先にいろいろ調べておきました。屍の名は千吉。通称、ちどりの千吉。職は飴細工売り。武州の出身で齢は二十三。身寄りなし。——ただし、名前も身元も嘘でしょう」

「でしょうな」

女人で千吉という名はさすがにあるまい。

いずれにせよ、さすがは同心三席の加藤殿だ。既にそこまで細かく調べていたとは。沖田はこの女の名が千吉ということさえ今初めて知った。

さらに、それだけではなく——、

「殺されたのは、おそらくですが夜八つ（午前二時）。近所の者が、妙な物音がしたと言っております。着物の血の乾き具合から見ても間違いありますまい。——懐には、飴の売り上げ金とおぼしき金子が二百四十二文、手付かずのままありました。物盗りではないようです」

「なんと、そこまで調べておられたとは」

さすが口うるさいだけあって仕事はできる。

繁盛ぶりに比べて持ち金が少ないようにも思えたが、仕事終わりに一杯飲みにでも行ったのだろう。別段、不自然な額ではない。

そもそも金が欲しければ、飴屋の家には押し込むまい。

「どう思われますかな、沖田殿」

「どうと訊かれても。物盗りでないなら怨恨か色沙汰ですかな？」

「拙者もそう睨んでおります。ことに怨恨の方は、商売が上手くいっていたようですし、恨んでいた者も多いかと。――ところで、少々お願いが」

雷公加藤はなぜか、にいい、と唇の片端だけを吊り上げて笑う。普段笑い慣れぬ者の浮かべる、いかにも神経質めいた笑顔であった。口がぴくぴくと震えている。

（――？　なぜ今、笑う？）

この男なりに愛想よく接しているつもりだろうか？　だとすれば明らかに逆効果。ただただ警戒心を煽るばかりの顔であった。

「この事件、沖田殿一人にお任せしてもよろしいですかな？　本来なら隣の縄張りである拙者もお手伝いすべきなのでしょうが、生憎、別件で忙しくて」

「それは、無論でござりますが……」

加藤が多忙なのは知っている。

もとから同心衆で一番働いている男であったし、噂によれば奉行は内々にて大掛かりな捕り物の準備をしているそうだが、それにも駆り出される予定と聞く。仕事の一つや二つ手伝ってもらえずとも文句を言えるはずがない。

それを抜きにしても飴屋辻はもともと沖田の受け持ちなのだ。自分一人でするのが筋というものであろう。

(だが、どうしてわざわざ念を押す?)

何か別に真意があるというのか?

「それでは、よしなに。——なあに、沖田殿ならすぐに下手人も挙げられましょう」

加藤は軽く辞儀をすると、そのまま奉行所へと歩き去る。

いつものように右足をずるずると引き摺っていた。

(あの足で、よくもこれほど忙しく働けるものだ)

沖田はいつもながら感心する。

加藤はかつて大手柄を立てた際、賊の反撃で傷を負い、以来ずっとこうして足を引いていた。――なのに誰よりも忙しく働いているため、彼を嫌う者たちでさえその勤労ぶりには敬意を払う。

（しかし加藤殿、あの足なのに異名が〝雷公同心〟なのは、なんとも――）

多くの者にとって彼の一番の特徴は、足よりも口やかましさであるようだ。

――ちなみに加藤が去る一方、彦五郎は沖田のもとに残っていた。

「貴様、加藤殿といっしょに奉行所へ戻るのではなかったのか？」

「いえ、あっしもそのつもりでしたが、沖田様を手伝うよう仰せつかりまして」

「ほう？」

さては、沖田が怠けぬよう見張りをつけたということか。たしかに若僧の初仕事にはちょうどいい御役目かもしれぬ。

「そうか。では、しばらくの間、貴様は儂の岡っ引きになるのだな？」

彦五郎は困惑とも怯えともつかぬ表情にて、「ええ、まあ」と煮え切らない返事をする。

馬鹿にしていた相手のもとで働くのは、やはり気まずいものらしい。この新米十手持ちの態度は、沖田にとってひどく滑稽に感じられた。

「安心せよ。心配せずとも仕返しの嫌がらせなどはせぬ。――ただし、手下となった以上はうんと働いてもらうぞ。若者に働かせて楽をするのは年寄りの特権であるからな」

「へ……へい、それはもう……」

生意気で無礼だが、どこか可愛げのある若僧だった。

この男をこき使えるというのは多少、楽しくはあったものの——、

(……いや、億劫なのは変わらぬか)

今後を思うと気が重い。足元を見ると、ちょうどホトケと目が合った。死体を目の前にして面白がってはいられまい。

(ああ、孫たちに会いたい……。昨日は、あれほど楽しかったのに)

本当は、ずっと孫二人に癒されていたい。

奉行所の窓際にいなければ、あの鳩笛の合図が聞こえぬ。とらとくまが遊びに来ても会うことができぬではないか。

(いや、もしかすると儂の肌には屍の臭いが染み付いているかもしれん。だとすれば、しばらく顔を合わせられぬぞ)

可愛い孫たちに、不吉な死の臭いを嗅がせたくはなかった。

人生最大の楽しみを禁じられるとは、やはり御役目など真面目にするものではない。

——沖田が陰鬱な心持ちになっていると、

「ハイハイ通して。御用よ、御用。御用であるぞ」

「道をお空けください。祖父殿のお手伝いに参りました」

最初は、幻覚なのかと思った。『孫たちに会いたい』という気持ちに付け込まれ、狐にでも化かされたのかと。

だが本物だ。眉に唾をつけても消えはしない。

野次馬を掻き分けながら現れたのは、孫のとらとくまであったのだ。

「お前たち、どうしてここに？」

「じいじ様の岡っ引きになりに来たの」

「とら姉、足元にお気をつけて。そこらを踏んではいけません」

あっけにとられているうちに、二人は部屋へと上がり込む。

彦五郎は「ひいっ」と悲鳴を上げ、慌てて沖田の背に隠れた。

参「飴玉太夫」

時は、少々前後する――。

朝の六つ半（午前七時）藤林家の道場、虎牢館にて、

「――ほら、あちしの勝ちよ。さっさとかんざしを寄越しなさいな」

とらは、少年の頭を何度も竹刀でひっぱたいていた。

このお転婆娘の父、藤林道順が御公儀の武芸指南役であるのは既に述べた通りである。――ただし八流二十六家の武芸指南のうち、序列はうんと下の方。

筆頭指南役にして将軍家の指南も勤める柳生家が一万石の大名であるのに対し、藤林家は三十俵二人扶持。門人から月謝を取ることでなんとかそれなりの暮らしを維持していた。

ありがたいことに『伊賀忍びの末裔』という触れ込みのおかげで弟子の人数にだけは事欠かない。

この日も道場には、早朝から何人も稽古に訪れていた。

といっても武芸に熱心だからというわけではない。——皆、昼間はそれぞれ御役目や、あるいは禄の足りておらぬ者は商売、内職、百姓仕事などで忙しく、稽古する暇が朝しかないというだけのことだ。

彼らはほとんどが貧しい旗本、御家人の子弟であり、夜明けと共に道場に集まり、軽く汗を流してから仕事に向かうのを常としていた。

とらと勝負をしていた相手も、その一人。

少年といっても齢十六の若侍だ。四つも年長で、背などは一尺（約三十センチ）以上も高い。——おまけに門人の多くがそうであるように、師匠同様『伊賀者甲賀者の子孫』を自称している。

なのに少女剣士は瞬く間に一本を取り、床を転げ回って逃げる背中をさらに何度も打ち続けた。

「参った！　もう叩くな、降参だ！　やれやれ、おとら坊には敵わないな。二日も順番待ちをしたというのに、早くも片がついてしまった」

「あははっ、そうでしょうとも」

忍びの子孫のくせに、だらしがない。

祖父の沖田には『道場の男の子たちと勝負している』と説明したが、その『男の子たち』がこれほど年上だとは想像すらもしていまい。

少年がかんざしを差し出すと、とらは面を取り、ぶんどりたての戦利品を汗ばんだ髪に挿す。桜色の貝殻を飾りとして結わえたもので、所詮玩具(もちゃ)だが、同い年の子から奪うものよりほんの少しばかり高価な品だ。

もともとは歳の近い少年たちを相手にしていたとらであったが、年長者の方が小遣い銭を持っているので高いかんざしが貰(もら)えると気づいたため、最近は十六、七の門人ばかりと剣を交えていた。

「綺麗な貝。これ、飴屋辻で似たようなのを見たことあるわ」

「ああ、飴屋辻のお玩具(もちゃ)屋で買ったものだよ。俺はあの近くに住んでいるのでね。――そういえば道場に来る途中、珍しいことがあった。明け方というのに裏通りで人だかりができていて、何かと思えば……」

「それ、真面(まじ)でなの？」

『まじ』は少し昔の流行語。とらは若侍の話を聞き終えるや、稽古着から急いで着替え、走って道場から飛び出していく。

向かうは、四町先のくまのところだ。

くまの家まで、とらの足なら百も数えぬ前に着く。

「くま、聞いてちょうだい！　さっき朝稽古のときに聞いたんだけど――」

大声と共に勝手口から飛び込むと、くまは台所にて前掛け（エプロン）姿で鍋を相手に格闘していた。

横ではひょろりとした学者先生の父親が、興味深そうに娘の手元を覗いている。

「？　くま、何してるの」

「料理です」

「そのくらい見てわかるわ。――けど、何を作っているわけ？」

あたり一面、甘い香りが立ち込めていた。朝餉の献立とは思えぬ匂いだ。

ふと調理台の上を見れば、卵の殻がいくつも転がっていた。

「玉子焼き？」

「いえ、かすていらです」

「かすていら⁉　そんなの自分で作れるものなの？」

「ぼくには作れるのです」

なんでも、父親が昨日持ち帰ってきたものが大変不味かったので、早起きをして改良版を作ってみようと思ったとのこと。

ちなみに、作り方は以下の通りだ。

一、材料は、卵五個、うどん粉大さじ二、水飴大さじ二、砂糖を適量。
二、卵を黄身と白身に分け、白身だけを泡立つまでかき混ぜる。
三、そこに黄身、砂糖、水飴、うどん粉を、順に加えて混ぜていく。
四、油を引いた鍋に入れ、ふたをして蒸し焼きにする。
五、竹串を刺して焼き加減を確認し、いい塩梅(あんばい)になったら完成。

「とら姉、もっと早く来てくだされればよかったのに。そうすれば一番面倒で力のいる『白身だけを泡立つまでかき混ぜる』を手伝ってもらえたものを」

そんな話をしているうちに、かすていらはできたようだ。

「一切れどうぞ。熱いので気をつけて」

「いいの？」

とらが勧められるままにふうふう冷ましながら一口食べると、知っているのとは全く違う味がした。

「……？　これ、生焼けなんじゃない？　外側はそれらしいけど、中がまだどろっとしてるわ」

「わざとです。どうせ鍋ではちゃんと焼けないので、外だけ焼いて、中は生のままにしました。書物によれば、この生の状態を英吉利（えげれす）ではｃｕｓｔａｒｄ（かすたーど）と呼び、そのままで食べるのだとか。――いわば〝生かすていら〟とでも名づけましょうか」

「くまは自分の興味のある話だと、めっぽう早口になるわよね」

　実際には焼く前のかすていらとカスタードはだいぶ異なるものであるのだが、その違いを知る者はまだ日本にはほとんどいない。少なくともこの場には、くまの父も含めて一人も存在していなかった。

「いかがです、とら姉」

「へんな味。おいしくない。生焼けだからお腹壊しそう。あと、思ったほど甘くない。さては砂糖をけちったんでしょ」

　とらが、べえっ、と懐紙にかすていらを吐き出すと、くまは顔をぷうっとむくれさせた。

「くま、お前、人に不味いもの食べさせておいて、そんな顔をするもんじゃないわ」

「ふーん、です」

子供ら二人のやり取りを見て、くまの父は横でカラカラと笑い出す。

「やはり菓子づくりとは難しいものだな。理論はともかく味をよくするにはkundighe:id（うでまえ）が必要らしい。——当たり前のことだが、何ごとも実践と反復が大事ということか」

そして、ひとしきり笑い終えると、しゃもじで鍋の中身を半分だけ皿によそい、匙でむしゃむしゃ掻き込んだ。

「うむ、なるほどslecht（くそまずい）。球磨くん、残りはきみが食べたまえ」

相変わらず奇妙な人だと、とらは叔父（おじ）を見るたびに思う。

（同じように『先生』と呼ばれてるのに、うちの父上とはずいぶん違うな）

まわりの大人が武芸関係者ばかりの少女にとって、物腰柔らかで理屈っぽいこの学者は珍しい異国の動物のようであった。

（子供のすることに興味を持って、横でつきっきりで見てるだなんて……）

自分の父、藤林道順ならばそんなことはしないはずだ。

「ところで寅くん、その腰のものは何ごっこかね？」

「これ？　これは、その——」

腰に差していたのは、十手であった。

それも二本も。道場の物置にあったのを行きがけに持ち出してきたものだ。稽古用の木製だったが、二人分となるとさすがに重さで帯がずり落ちそうになる。

本当は『ごっこでなく、本当に岡っ引きをするのよ』と教えてやりたい。

とはいえ賢さに自信のないとらでも、迂闊に言いふらしたら止められるということくらいは理解していた。なので——、

「ううん、なんでもない」

はっきりしない返事で誤魔化(ごまか)した。叔父はまたカラカラと笑い出す。

「そうか、なんでもないか。——では二人とも、急いで遊びに行くといい。もうそろそろ久喜くんが井戸端から戻ってくる。寅くんと顔を合わせたら、きっとお小言を始めるぞ」

「叔母上が？」

あの叔母は常識人な分、叔父より理解し易い相手であったが、かといって小言が聞きたいわけではない。御免こうむる。

とらはくまの手をひっ摑(つか)むと、そのまま二人で家を飛び出した。

小走りのとらに、くまは息を切らせて追いすがる――。

「はあっ、はあっ、ぜえっ、ぜえっ……。とら姉、一度止まってください。それでいったいどうしたのです?」

「事件よ。殺しですって。じいじ様に手柄を立てさせてあげましょう。――ほら、くまの分」

とらは二本差していた木製十手のうち、小さい方をくまに渡した。

「それと、くま、台所仕事の後だから顔に煤がついてるわよ。どこかで顔を洗っていきましょう」

「とら姉が慌てて連れ出すからいけないのです」

さらに、もう四半刻(約三十分)後。二人は飴屋辻の沖田のもとへと辿り着く。

「ハイハイ通して。御用よ、御用。御用であるぞ」

「道をお空けください。祖父殿のお手伝いに参りました」

＊＊＊

沖田は常々、自分が仕事をしている姿を孫や友人に見せたくないと思っている。

これは彼が窓際同心だからではない。昔からだ。同心ならば皆同じではなかろうか。

自分たちの御役目は世のため人のために絶対必要なものではあるが、血に塗れたものでもある。なので――、

「お前たち、どうしてここに？」

「じいじ様の岡っ引きになりに来たの」

「とら姉、足元にお気をつけて。そこらを踏んではいけません」

とらとくまの姿を前にして、沖田はただただ困惑するばかりであった。孫たちと会って心癒されたいとは思っていたが、さすがに今このときではない。

しかも、まさか『岡っ引きになりに来た』とは。十二と九つの子供らが。

そもそも岡っ引きというのは手前勝手でなるものではあるまい。当の沖田の許しも得ずに『なりに来た』など、さすがに道理が通らなかった。

だが、ポカンと呆気に取られているうちに、二人は部屋へと上がってくる。

「ひいっ」

なぜか彦五郎が悲鳴を上げていたが、沖田は無視して孫たちを叱ることにした。

「これっ。二人とも、こんなところに来るものではない。死体が転がっておるのだぞ。お前たち、平気であるのか？」

世間の基準からすればまだうんと優しげな語勢であったものの、彼としては思い切って怒鳴ったつもりだ。孫に厳しいことを言うのはこれが初めてのことになる。思えば、この子たちには今まででれっとした顔しか見せたことがないはずだ。このまま嫌われてしまわないか不安であった。

だが二人のためにも、ここは毅然(きぜん)とした態度をとらなければ。そんな悲壮な決意で孫たちを叱りつけたにもかかわらず――、

「あら、とらは平気よ。このくらい、なんだってのよ」

「くまもです」

二人とも、ことなげな様子であった。

とらもくまも、ホトケが少しも怖くないというのか？　彦五郎など胃の中身を戻しかけていたというのに。

「二人とも、どうしてだね？」

不思議に思って訊ねると、とらは無邪気な顔で答えた。

「怖いはずないわ。だって、じいじ様がいっしょだもの」

沖田は思わず絶句する。

無論、怒りのためではない。逆である。

(まったく……。この子たちは、どうしてこんなに可愛いのだ)

これでは、もう叱れぬではないか。

困ったものだ。足元では飴細工売りの女が死んでいるというのに、顔がついつい緩んでしまう。

ちなみにくまは、

『前掛け姿のまま来たので、血で汚れても平気です』

と言いかけていたようだったが、とらの答えを聞いて慌てて途中で口をつぐんだ。

多少将来が心配ではあるが、沖田はこの子のこういうところも愛おしい。

「い……いや、とにかくだ、二人ともこのような場所に来るのは……」

やはり、でれでれ顔では叱りにくい。まるで声に力が入っておらぬ。これでは怒っているのが伝わるまい。

それと、さっきから彦五郎が背中にしがみついて震えているのが鬱陶しかった。

この男、どうして孫たちを怖がっているのであろう？　これほど愛らしく見目麗しい子供たちを。

沖田が新米の岡っ引きを振り払おうとしていると、

「祖父殿」

くまが彼の袖をくいっと引いた。

「おや、どうした？」

「飴のことで気になっているのですが……」

足元にいくつも散らばっている飴細工のことだ。もったいない、と言いたいのだろうか。それについては沖田も同意だ。

「残念だが、拾って食べたりしては駄目だぞ」

「くまは利口なので、そんなことはいたしません。とら姉ではあるまいし。そうでなく――」

じっ、と床を見つめながら、くまは言葉を続ける。それは今まで沖田の気づいていない事実であった。

「昨日の飴花魁がおりません」

――そのように言い終えたあとで、

「……言い間違いです。昨日の飴花魁がありません」

と慌てて言い直す。

どうやら飴に対して『おりません』と人間相手のような言い方をしてしまったことが恥ずかしかったらしい。沖田の口元はまた緩む。

しかし、この賢い孫の言う通り。あの青い目の飴玉太夫が、落ちている中に見当たらなかった。

「賊が持っていったんじゃない？　あの花魁は高価なものだし」

とらが横から口を挟む。

しかし、さすがにどうであろう。ホトケの懐には昨日の売り上げが手付かずで入っていたのだ。――そもそも、あの花魁はたしかに見事な出来であったが、飴など盗んでどうするというのか？

「いくら高価といっても飴であるからな、銭になるわけでもあるまいし」

「あら、じいじ様知らないの？　なるわよ、銭に。だって〝分銀がけ〟だもの」

「分銀がけ？」

知らぬ言葉だ。そういえば昨日とらの口から、その語を聞いた覚えがある。響きからして、銭金がらみであるだろうが――。

「とらや、それはどういうものだね」

「あははっ、やっぱり知らなかったんだ。分銀がけってのはね、その名の通り、値が一分銀より高い飴よ。だいたい二分か、安くても一分二朱するわ」

「なんと、二分の飴とは！」

驚いた。一分は四分の一両、銅銭ならば一千文になる。

二分なら当然倍の二千文。『二八蕎麦』というくらいでかけ蕎麦が一杯十六文なのだから、ざっと百二十五杯分であった。

「どうして、そんなに高いのだね？」

「そりゃ、中に一分銀が入ってるからよ。お殿様だの大店の主人だのが、子供やおめかけにあげるために買うの。お祝いやお年玉に」

なるほど、縁起物というわけか。

中の銀を抜いても一分であるから高価な飴には変わらぬが、銭金を余らせている大尽連中ならば、そのくらい払うに違いない。

「なるほど、とらは物知りだ」

「そうでしょう。へへん」

しかし初めて聞いた。孫の物知りに感心していると、彼の後ろで彦五郎も「へえ」

と同じように驚いていた。この若者も知らぬということは、近ごろできたばかりの流行りらしい。

「どう、じいじ様、とらもお役に立つでしょう？　いてあげて助かった？」

「う、うむ……まあ、そうだな」

死体の転がる部屋に上がり込んできたのは決して褒められたことでなかったが、この孫がいなければ、分銀がけ飴のことを知るまでもう少し時間がかかったはずだ。役に立ったのは間違いない。

（だが、それ以上に——ただ、いてくれるだけで役に立っておるし、うんと助かっておるのだがな）

殺しの現場で荒んだ心が、孫たちのおかげで癒されていく。穏やかな気持ちで仕事ができた。

本当ならば、今からでも『帰れ』と追い返すべきなのだろうが——、

「とら姉、ずるいです。飴花魁がいないと気づいたのは、このくまです。祖父殿、くまも褒めてくださいませ」

「ああ、偉いとも。よくやった。いてくれて助かったよ」

どうしても、つい甘い顔をしてしまう。

（いかんな、この子たちのためにもならぬし、娘らにも何を言われることやら……）

殊にくまの母である久喜は、口うるさくておっかないというのに。

「しかし、だとすれば下手人は、飴の中の一分銀を狙った物盗りなのか？　――いや、さすがに一分のために殺しはせぬか」

では、何か別の理由で命を奪い、ついでに飴花魁を盗んだということか？

「フム……。彦五郎、貴様はどう考える？」

「へい、沖田様。あっしが思いますに――。ひいっ」

気軽に訊ねただけなのだが、新米岡っ引きは急に悲鳴を上げて押し黙る。

見れば、孫二人がそろって彦五郎を睨みつけていた。

『なぜ、自分たちを差し置いて、お前が意見を聞かれるのだ』と、怒りを露わにしていたのだ。

（まったく。この男も、どうしてこれほど孫たちを恐れるのだ？）

背中に隠れてがたがた震える若者を、またも鬱陶しく思う。

「とら、くま、彦五郎をいじめるのはやめなさい」

「はーい、じいじ様」

「わかりました、祖父殿」

二人とも、声だけは元気がいい。

と、そこに――。

「沖田様、番屋の者でございます」

部屋の外から声を掛けてきたのは、自身番屋の番太（番人）たちであった。

「加藤様のお言いつけで、近所の聞き込みをして参りました」

「ほう、手際がよいな」

番太らが見当たらないと思ったら、とっくに聞き込みに行っていたとは。

さすがは雷公同心殿。孫とモタモタしている自分とは大違いだ。

「それで、何か摑めたか」

「ええ、加藤様には最初に報告済みなのですが――」

自身番の男たちは、どこか言い難（にく）そうに、畏（かしこ）まりながら告げた。

「下手人は、飴細工売りのサンノジでございます」

「なんと、本当か？　あの男は、儂の……友人なのだぞ」

「おそらく、ですが間違いないかと」

番太たちが遠慮気味なのは、サンノジと沖田が顔見知りなのを知っていたためであろう。

沖田と古くからの知己であり、とらとくまが行きつけにしている細工飴屋の店主、サンノジこと飴切りの三治（さんじ）――。まさか、あの気のいい大男が、同業者であるちどりの千吉を殺（あや）めたとは。

「あの男、昨日の夕刻、飲み屋で酔って『あの野郎に一言言わねえと』と息巻いていたそうでございます。深夜に出歩いているのを見た者もおりますので」

「そうか……」

たしかに思い当たる節はある。

あの醜男は、色男の千吉を憎んでいた。体格に似合わず温厚な男であるが、酔った勢いで凶行に及んだというのも考えられぬ話ではない。

「ねえ、じいじ様、今のってサンノジのおじさんのこと？　あのおじさんが下手人なんて嘘でしょう？」

「くまも、さすがに信じられません」

「ああ、儂も信じられん。あやつは無実だ。きっと、何かの間違いであろう」

うろたえる二人をなだめる沖田であったが、真に間違いだと信じたいのは、この老同心自身であった。絶対に無実でなければ困る。

「それでサンノジのやつめはどうしておる？　もう身柄を押さえたのか？」

「いえ沖田様、それが姿を晦ませておりまして――」

番屋の者たちの返事に、思わず半白髪の頭を抱える。

最悪だ。これでは自らが下手人であると白状しているようにしか見えぬ。

（……これは、厄介なことになるかもしれんな）

沖田とサンノジは、ただの友人知人の仲ではない。

きっと責を問われよう。

＊＊＊

飴細工売り殺しの探索は、サンノジ捜しから始まった。

「サンノジ？　うちの店には来てやせんね」

「そうか、邪魔したな。見つけたら儂か番屋に知らせるのだぞ」

これで五軒目。

沖田と孫たち、それに彦五郎は、出入りの店や飯屋など、立ち寄りそうなところを片っ端から当たっていく。

だが、あの大男の姿はどこにもない――。

「次行きましょ、じいじ様。早くサンノジおじさんを見つけて疑いを晴らさなきゃ」

「ああ、そうだな。次こそ、あやつがいるといいのだが」

とらは妙に熱心だ。

やはり顔見知りのことであるからか。それとも始めたばかりの岡っ引きごっこに夢中になっていたからであったのか。

この子がもう少し大きくて男の子であったなら、本当に岡っ引きとして雇いたい。いや、それどころか同心の跡を継がせたい。とらの溌剌さや体力は、廻り方同心として欠くべからざる資質の一つであった。

もちろん、それは武芸指南としての資質でもあろうから、とらの父とは取り合いになるかもしれぬ。

(実に惜しい。同心にせよ武芸指南役にせよ、もう少し落ち着きがあれば、なお結構であったのだが)

本当は『実に惜しい』のは、そこでない。

そもそも少女である以上、この子は同心にも武芸指南役にもなれぬのだ。――だが、この子を見ていると、その程度の世のことわりは忘れてしまう。女の身であろうとも、資質と実力さえあれば立派に跡継ぎとなれるのではと、武家の端くれらしからぬ勘違いをしそうになっていた。

また、落ち着きや賢さについてなら、もう一人の孫は申し分ないのだが――、

「ぜぇっ……ぜえっ、ぜぇっ――」

くまの方に目をやれば、疲れで息を切らしていた。

九つという年齢を踏まえても、この子はそれほど体力のある方ではない。父親と同じく学者の方が向いていよう。

気がつけば、もう八つ半（午後三時）。とっくに午後になっていた。

「どれ、今日はここらで終わりにしようか」

「ぜえっ、ぜぇっ……いいえ祖父殿、心配はご無用。くまは足手まといには……」

「いいや、そうでなく儂が疲れてしまったのだ。もう爺なのだから休ませておくれ」

くまは、こう見えて根性もあり誇り高い。その姿を祖父として嬉しく思う。

沖田の言葉は、もちろんくまを気遣ってのものではあるが、自分が疲れたというのも事実であった。

「儂は八丁堀の屋敷に帰る。彦五郎、お前は孫たちをそれぞれの家の近くまで送って

やれ」

「あっしがですか⁉」

新米の岡っ引きは露骨に嫌がる顔をしていたが、沖田は無視することにした。

それはそれとして——、

「ねえ、じいじ様」

黒い同心羽織の袖を、くいっくいっと孫が引く。

「どうしたね？」

「とらたち、朝からいっしょにお役目手伝ったし、役にも立ったよね？　じいじ様の気づかなかったことにも気づいたし」

「まあ、そうだな」

「だったら、とらたちのこと岡っ引きとして認めてくれてもいいんじゃない？」

「う、うむ、それはだな……」

いつか、こう言われるのではないかと恐れていた。

『子供を岡っ引きになどできるわけがない』と正論を言うのは簡単だ。この子たちのためにもそれが正しい。捕り物ごっこを放っておけば躾によくないであろうし、いらぬ騒動にも巻き込まれかねない。今からでも叱ってやめさせるべきであろう。

だが、彼をジッと見つめる、とらの上目遣いの瞳――。

（うむ、そんな目で見られては……）

気がつけばくまも、同じ目で沖田を見つめていた。さすがに、これでは叱ることなど不可能である。

「と……とにかく、二人とも帰りなさい！　彦五郎よ、さっさと連れて行くのだ。儂も帰る」

孫たちのつぶらな瞳を振り切って、沖田はその場を立ち去った。

一人で八丁堀に帰る途中、行きつけの蕎麦屋に立ち寄った。

屋号は〝しのは〟。建物は古く、壁の一部は朽ちかけているが、中の店主はそれに輪をかけて老齢だ。――なのに妙にきびきびとした動きで蕎麦を茹でている。その姿はどこか滑稽であり、また同じ老人として頼もしくもあった。

「おやじよ、ざるをひとつ。あと土産用に天麩羅を適当にいくつかと――それから握り飯を三つほどこさえてくれ」

「は、握り飯でございますか」

座敷で胡坐をかいて一息つくと、改めて全身の疲れを自覚する。

特に膝と背中が軋(きし)んで痛い。この疲労は、朝から働いたからというだけの理由ではあるまい。

(やれやれ、丹兵の言葉通りだな)

孫自慢仲間でもある老僕の丹兵が、前に上手いことを言っていた。

『――遊びに来てくれてありがたや、帰ってくれてありがたや』

世の孫についての名言だ。

孫というものはただでさえ可愛く、あの子たちはその中でも天下一の愛らしさであったが、それでもずっと一緒ではさすがに疲れて体が持たぬ。

大人しいくまでさえ丸一日相手をするのは老骨には厳しかった。いわんや元気の塊のとらなどは。

贅沢な悩みであるのはわかっている。そのうち罰が当たるかもしれない。――ただ、あの二人は意外にも引き際上手で、毎回ぐずぐずせずに帰ってくれた。その点もいい子たちだと沖田は思う。

「旦那、ざるでございます」

「うむ」

粋ではないが、つゆをたっぷりつけて蕎麦をたぐった。この店はつゆが濃くて塩辛いので有名だ。醬油の匂いがぷんとくる。──ずっと飴屋辻にいたため沖田の鼻腔には甘ったるい匂いが染み付いていたが、やっとすっきりした心持ちになれた。

同時に頭も冴え渡る。

（サンノジが殺しとは。加藤殿のお愛想は、そのためだな）

朝、沖田との別れ際、雷公同心こと加藤は『なあに、沖田殿なら、すぐに下手人も挙げられましょう』と意味ありげに笑っていた。あれは、

『──顔見知りから咎人が出るとは、なんと無様な』

と嘲笑っていたのか、あるいは、

『──拙者は関わらぬので、沖田殿が内々で事を片付けるがよろしい。恩に着よ』

という目配せであったのか。

どちらであったか定かでないが、もし後者だとすれば笑い方の下手な男だ。もっと自然な笑顔を作ればよいのに。

（だが、いずれにしても助かった。儂以外の者に捕まれば、もっと面倒なことになるであろうからな）

他の同心に捕らえられれば、ろくに話も聞かれぬまま拷問にかけられ、飴売り殺しはおろか、他のやってもいない罪まで白状させせられるかもしれぬ。

その際に、沖田の名まで出しかねない。――そうなる前に、なんとしてでも我が手でサンノジの身を押さえなければ。

「おやじよ、土産はできたか?」

「へい、こちらで」

蕎麦を食い終え、折り詰めを片手に蕎麦屋を出る。

それからほんの寸の間で、沖田は自らの屋敷に着いた。

「――戻ったぞ」

誰もいないはずではあるが、いつものように声を掛けつつ玄関を上がる。

「ふむ」

居間を覗き、あたりを見渡したのち、もう一度「ふむ」と息を鳴らすと、羽織も脱がず、腰には大小と十手を差したまま、土産も置かずに廊下を奥へ奥へと歩く。

自分の屋敷の中とはいえ、奥へはもう何年も立ち入ってない。たまに老僕の丹兵が掃除をしてくれてはいるらしいが、それでも薄く埃が積もり、一歩進むごとに足袋が黒く汚れていった。

前にも述べたように同心屋敷の奥には岡っ引きやその乾分といった連中を居候させるための部屋がある。沖田はそんな一室の前に立ち――、

「やはり、ここにおったか」

いきなり、障子戸を開け放った。

室内には誰もいない。板張りの床にはやはり薄く埃が積もっている。――なのに沖田は、無人の部屋で言葉を続けた。

「朝から、ろくに飯も食ってはいまい。ほれ、天麩羅と握り飯が入っておるぞ」

そう言って、綺麗とは言えぬ床の真ん中に、ぽおん、と土産の折り詰めを放り投げる。埃が宙に舞い上がる中、

「――旦那、お見通しでやしたか」

音も立てずに押し入れの襖が開いた。

中から現れたのは、なんと飴売り姿のでっぷり太った大男。――細工飴売りのサンノジであったのだ。

「お見通し、というほどでもなかったがな。さんざん捜し回ったぞ。しかし、どこに

もおらぬ以上、ここで間違いないとは思った」

「さすがでやす」

「なあに。もともと貴様の部屋だ」

さすがというなら、むしろサンノジの方であろう。どのような歩行術によるものなのか埃の上に足跡一つつけていない。巨漢であるのに信じられぬ身の軽さだ。

この大男は、かつてこの部屋に住んでいた。岡っ引きの類を住まわすための四畳間に。今も荷物は一部置いてある。

サンノジこと飴切りの三治――。彼は飴細工売りのほかに、もう一つ、秘密の顔を持っていた。

沖田の手下(てか)の〝隠し引き〟。

陰で雇った密偵だ。

＊＊＊

「で、サンノジよ、結局貴様は千吉殺しの下手人なのか？　そうだとすれば只では済まんぞ」

「い……いや、違いまさあ！　あっしは殺しちゃおりやせん！」

どこか歯切れの悪い返事であったが、今は信じる他はなかった。

私的に雇った岡っ引きの咎は、手札（任命書）を与えた同心も責を負うのが定法である。殺人（ころし）などという重罪を犯せば、それこそ沖田も只では済むまい。

「まったく、困ったことになったものだ」

「へえ、面目ございやせん……」

もし、これで奉行所を馘首（くび）にでもされたなら、この木偶（でく）の坊をどうしてくれよう。

老い先長くはない身であれど、沖田にも人生設計というものがある。跡目を譲って楽隠居という夢が。

沖田に跡取り息子はいないが、たとえば、とらがもう少し大きくなったら婿を厳選して探し、その者に同心株を譲ってもよい。もちろん、くまでも構わない。

いずれにしても孫のため、同心沖田家の家名と利権をわずかたりとも目減りさせたくはなかった。太平の武家社会に生きてきた老人にとって至極当然の願いであろう。

（なのに、サンノジのやつめ――。やはり潜（もぐ）りの者など使うものではなかった）

老同心は、ただただ苛立つばかりであった。

本来、岡っ引きというのは同心が町奉行の許しを得て任命するものであり、武士ではないが一種の役人。公の存在だ。

なので町人たちは御用聞き（役人の下請け）と呼び、武家社会では小者（身分が武士ではない家来）と呼ばれる。

だが、それとは別に同心たちは、人員不足を補うために、あるいは裏社会に精通するやくざ者や盗人（ぬすっと）の力を利用するために、自分の裁量で私的に手下を雇うことも多かった。

サンノジもそんな一人。

それも隠し引き。『いぬ』『陰引き』『潜り（もぐ）の者』とも呼ばれる密偵である。

この大男はただの細工飴屋として飴屋辻に住まい、同心の手の者であることを伏せたまま、あの治安の悪い町で目を光らせていたのだ。

といっても沖田が窓際でうたた寝ばかりするようになってからは仕事を頼むことも減り、ここ何年かはすっかり『ただの細工飴屋』となっていたのだが……。

「まあ、よい。とにかく、ことの顛末（てんまつ）を話してもらおう」

「へい……。ゆうべ、仕事終わりに一人で一杯やってたところ、あの千吉の野郎がだんだん許せなくなってきやして。顔がいいのと、自分で作ったわけでもねえ看板飴で、商売を繁盛させやがって。あんな男を許しちゃ道理ってもんが通らねえ」

「そうか、気持ちはわからんでもないが……」

サンノジは千吉を『野郎』『男』と呼んだ。あの色男の飴細工売りが女であったとは知らぬのだ。

「だもんで今日こそは何か文句を言ってやろうと、やつの長屋に押しかけたんでさあ。時刻は、ええと……あいにく、酔ってて憶えておりやせんが」

「それで、押しかけて殺したというわけか？」

「いえ、だから殺っておりやせん……。千吉の野郎、夜なのに留守だったんで。おおかた飲みに行ってたか、遊女でも買いに行ってたに違えねえ」

「かもしれんな」

やはり女であったとは知らぬらしい。――いずれにせよ、沖田は相槌を打ちつつも内心ではひどくあきれていた。

酒を飲んで夜中に押しかけ、しかも時刻すらわからないとは。

これでは容疑を深めるだけであろう。いや、むしろ、やはりこのサンノジこそが下手人で、ただ酔って憶えていないだけとしか思えなかった。

「それで留守だったもんで、あっしは帰って不貞寝して、朝になったらいつもの通り飴売り衣装に着替えて店に出て――。そしたら道行く連中が『千吉が殺された』ってさあ」

噂してるじゃありやせんか。あっしは怖くなって、そのまま大急ぎで逃げ出したんで

なるほど、だから飴売り姿であったのか。

だが、こんな派手な格好でありながら、誰にも見つからずに八丁堀まで来られたとは。先ほどの床に足跡をつけぬ身の運びといい、大男のくせにさすがであった。

「きっと、あっしが下手人と思われてるに違えねえ。しかも、言い返せるような証拠もねえ。捕まったら一巻の終わりだ。拷問(せめ)で無理やり白状させられちまう。だから、旦那のところに逃げて——」

「助けてもらいに来たというわけか」

真相を探って、自分の無実を証明してくれというのだろうか。

それとも、このまま同心屋敷に匿(かくま)ってほしいのか？　もしかすると既に全てを諦(あきら)めていて、『あまり拷問で痛くないようにしてくれ』と責め手にとりなしてほしいのかもしれない。

いずれにせよ厄介なことには変わりない。きっと沖田の立場を悪くする。

今すぐこの大男をふん捕まえて奉行所に連れていくべきであろう。それが一番の保身であり、太平の世の役人化した武士にとって最も正しい振る舞いであるはずだ。

沖田の頭の中を様々な考えが駆け巡る。だが、

「……いえ、助けは要りやせん。無理でやす。あっしが殺してねえと示す証拠は一つこっきりもねえのでやすから」

サンノジの口から出たのは、あまりに意外な言葉であった。

「では、なんだ？　貴様、何をしに来たというのだ？」

「こちら、お返しに参りやした」

そう言って飴売り衣装の懐から取り出したもの、それは――、

此れなる者、飴切りの三治に、私権にて御役目手伝いを任ずるもの也

文政二己卯年七月九日

南町奉行所廻り方同心　沖田柄十郎

いわゆる手札。任命書。

御守り袋に小さく折って仕舞われていたこの紙は、隠し引きとして働くサンノジにとって『自分が沖田の手の者である』という唯一の証明であった。

「こちら、あっしが持っていると、捕まったとき旦那にご迷惑がかかりやす。かとい

って焼いたり破ったりして捨てる気にもならず……。なので、こうしてお返しにあがりやした」

「なんと……!!」

沖田は、自分がひどく恥ずかしい。情けない。

長年の付き合いでありながら、彼がこれほど義理堅い男とは知らなかった。

この不細工な大男は自らの危機でありながら、老同心の身を案じ、紙切れ一枚をわざわざ返しに来たというのだ。

なのに自分は、己のことばかりを考えて……。

「それでは旦那、お達者で。今までお世話になりやした」

「待てっ！」

立ち去ろうとするサンノジの手を、沖田は咄嗟に摑んでいた。

損得でいえば損になろう。間違った選択と言わざるを得ない。――だが仕方あるまい。毎日のひなたぼっこで鈍りきった頭では、瞬時に正しい側を選ぶことなど不可能であった。

「ええい、やむを得まい……。貴様、しばらく屋敷に隠れておれ。その間に儂が無実を証してくれよう」

言うなれば窓際武士道。損には損で応えねば。

＊＊＊

一方、孫たち——。

とらとくまは岡っ引きの彦五郎に連れられて、御家人町の方へと歩いていた。

——ぽっぽう、ぽっぽう。

——ぽっぽう、ぽっぽう。

いつもの鳩笛ではあるものの、どこか機嫌悪げな鳴き声だ。とらは笛から口を離しても、唇は不満でとんがらかせたままであった。

「じいじ様、意外とけちんぼよね。どうして岡っ引きにしてくれないのかしら」

「とら姉、陰口を叩いてはいけません。——それに祖父殿はけちではありません。いつもぼくらに飴や玩具を買ってくれているではありませんか」

「そりゃ、そうだけど」

咎められたが、それでも納得できるものではなかった。

「でも、やっぱりけちよ。だって、あちしらにお手伝いさせてくれないんだもの。もっとお役に立たせてくれてもいいじゃない。それに岡っ引きになれば、同心屋敷に居候してもいい決まりなのよ。いつでも泊まりにいけるじゃないの」

『手伝わせてくれないからけち』とは、なかなか珍しい理屈であった。

高い飴を買ってくれなかったから、もっといい玩具をくれなかったから、あるいは手伝いを休ませてくれなかったから、などという普通の子供らしい理由とまるで逆。

――なのに、とらは自分の言葉のおかしさには気づいておらず、傍らを歩く新米同心のぽかんとした顔を、逆にいぶかしげに見つめ返すほどだった。

「お前、なんで不思議そうな顔をしてるの？　あちし、何か妙なこと言った？」

「いや、別に……」

この男を問い詰めても、ろくな答えは返ってこない。ただ怯えて震えるだけだ。

そこに、くまが再び横から諌（いさ）める。

「彦五郎をいじめ過ぎてはいけません」

「あら、じいじ様の悪口はともかく、彦五郎をいじめるのは別にいいでしょ」

「駄目です」

「その男が、仕返しで祖父殿に告げ口するかもしれないからです」

「どうして？」

「――っ！」

とらは思わず、手で自分の口を塞いだ。

だが、すぐにその黒目がちの大きな目で、じろりと彦五郎を睨み付ける。

「彦五郎、どうなの？　お前、じいじ様に余計なこと吹き込む気？」

「い……いえ、あっしは――」

「そうよね。黙っているのがいいわ。だいたいお前、ずるいのよ」

「ずるいって、何がで……？」

「だって、あちしらはさんざん頼んでも駄目だったのに、お前はじいじ様の岡っ引きなわけじゃない。弱いのに。じいじ様の悪口言ってたくせに」

「いや、あっしは沖田様のでなく、同心三席の加藤様の岡っ引きなんで……」

「お前、口ごたえする気？」

とらがキッと睨みつけると、新米岡っ引きは「ひいっ」と叫んで再び震えた。

念のため述べておくが、この若者は決して弱いわけではない。それなりに名の知れた柔術使いであり、これまで喧嘩で負けたこともなかった。とらの実家の道場でも彼の名を知る者がいるほどだ。

だが自分を負かして川に蹴り込んだとらに対しては、本物の虎や熊を前にした兎のよう。ただただガタガタ膝を震わせて怯えるのみであった。

「とら姉、やはり彦五郎をいじめるべきではありません」

「あら、今度はどうしてよ?」

くまに庇われて、彦五郎はほっと胸を撫で下ろす。——だが、すぐにまた緊張で息を飲んだ。この小さい方の猛獣が浮かべていた表情は、優しき慈母のものでなく『いい悪巧みを思いついた』という悪戯小僧のそれであったのだ。

「岡っ引きは、自分の裁量で〝乾分〟を任命できるからです」

岡っ引きと同じような仕事をし、岡っ引きと同じように同心の家に居候できる乾分を。

くまの叡智(えいち)に、とらは「おお」と感嘆の声を上げた。

「なるほど。じゃあ、こいつは、その気になれば十二や九つの子供を乾分にできるのね。彦五郎親分ってわけだ」

話を聞いた彦五郎は顔を真っ青にし、全身から脂汗をダラダラ流す。もちろん足や背中は震えっぱなしだ。今朝、死体を見たときよりも、ずっと恐怖を感じていた。

つまり、この大小二匹の野獣どもは、自分たちを乾分にせよと言っていたのだ。

「あ……いや、あっしは――。おっと、もう御家人町だ！　あっしはここでお暇しますんで！」

彦五郎親分は汗を飛び散らせながら全速力でどこかへと走り去る。

その後ろ姿を見て、とらとくまはぷふっと笑った。

「まったく、ちょっとからかっただけなのに。――でも、あいつの乾分になるのは悪い考えじゃないわね。あちしたちの言うこと、なんでも聞いてくれるでしょうし」

気がつけば二人は、くまの家のすぐ近くにいた。

「じゃ、あちしも帰るね」

「とら姉、お待ちを。よければ我が家に寄っていきませんか？　菓子をご馳走できるかもしれません」

「お菓子？」

くまの家の菓子といえば、思い出すのは今朝の生焼けかすていらだが――。

「朝よりは多少ましなものが出るはずです」

「じゃあ行く」

とらは、くまの母上を少々苦手にしていたが、それでも『ましな菓子』と聞けば遊びに寄らぬ理由はなかった。

「ただいま帰りました」

「お邪魔しまあす」

くまの家は狭いので、玄関の戸を開けるといきなり台所の土間になる。とらの家とは大違いだ。とらの藤林家は決して裕福ではなかったが、道場が併設されているため広さだけはたっぷりあり、門人に飯を食わせるための大きな炊事場が母屋とは別にあった。

なのでくまには悪いが、とらはこの小さな家に来ると胸がわくわく躍りだす。天井も低く、まるで悪戯で押入れに潜んでいるときのよう。あるいは、おむすびころりんに出てくる鼠の国だ。御伽草子(おとぎぞうし)の世界にいるような気分になれた。

しかも、その狭い家の窮屈な台所には、なぜか大人の男たちが何人もギュウギュウになっていたのだ。

「おや、球磨くんおかえり。寅くんもよく来たね」

くまの父である石英先生に続いて、残りの男たちも――、

「こちらこそお邪魔しているよ」

「球磨くん、久しいねえ」

「ずいぶんと大きくなった」

「そちら、噂の寅くんかい。よろしくな」

と、次々にぺこりと会釈をする。

父も合わせて計五名。上は五十過ぎから下は二十歳そこそこまで、いずれも学者先生風の男たちであった。

「くま、この人たちは？」

「父上のご同僚、天文方で働いておられる皆様です」

天文に算術、地理、気象学、さらには欧羅巴情勢にまで通じた、幕府最高の頭脳集団である。

そんな男たちがたすきがけに前掛けという姿になって、煤で真っ黒になりながら鍋を相手に悪戦苦闘していたのだ。

「くまの父上先生、何をしてるの？」

「かすていらだよ。今朝、寅くんも食べたろう？」

「また作ってるの？　あんな美味しくないものを」

「美味しくないから作っているのさ。ｆｏｕｔｅｎが続くと、意地でも成功させたくなるではないか」

　言わんとしていることはわかる。

だが、それはいい大人が——それも最高の頭脳集団がすることであろうか？

すぐ後ろではくまの母親の久喜殿が、一同をイライラしながら睨んでいた。おそらくは台所を占領されて怒っているのだ。なのに学者たちは気づいていないのか一顧だにしていなかった。

「それで、かすていらはできたの？」

「もうじきできる。見たまえ、足元を」

　土間の土には、木切れで長い数式が書かれていた。複数の筆跡が混じっているところを見るに、皆で寄ってたかって記したのだろう。とらには理解できぬが、くまはふんふんと感心していた。

「ｅｉ（たまご）の重さと砂糖の量の理想的な比率だ。知恵を絞って、やっと導き出すことができた。今朝のはやはり量が少なかったらしい。三倍の量が要る。——見たまえ、この出来ばえを」

　そう言って石英が鍋蓋を開けると……、

「やっぱり失敗じゃないの、これ？」

「はて？」

台所いっぱいに、焦げ臭い香りが広がった。

学者たちは石英同様、一斉にハテと首をかしげる。

「――計算がどこか間違っていたのだろうか？」

「――やはり、ぼくの考えの方が正しかったのでは」

「――だが、さっきはきみの方法で鍋をひとつ駄目にしてしまった」

「――単純に、卵が小さかったとも考えられるな」

「――では、本日四度目のｕｉｔｄａｇｉｎｇ（ちょうせん）と洒落込もうじゃないか」

鍋を火から下ろすのも忘れて百家争鳴となる一同に、とうとう久喜の堪忍袋の緒が切れる。台所を預かる妻女として、男どもを怒鳴りつけようとしていたが――、

「父上、それより大事なお話が」

くまが、母の機先を制して声をかけた。

さすがに大事な話となれば、癇癪（かんしゃく）持ちの母親も一旦黙らざるを得まい。学者たちにとってくまは恩人だ。おかげでお説教されずに済む。――ただし傍（はた）で見ていたとらには、ちゃんと察しがついていた。

この聡明な九歳児は、救いの手を差し伸べたわけではない。

純粋に、頼みごとをしたかっただけだ。この江戸最高の頭脳たちに。

「なんだね、球磨くん。どういった話かね？」

「父上だけでなく、天文方の皆様もお聞きください。――とら姉、懐のものを」

「懐？」

とらは、しぶしぶと飴を取り出す。

「長屋でこっそり拾った飴のことです。ぼくはちゃんと見ていたのです」

死んだ千吉の部屋で拾った飴細工の歌舞伎役者だ。助六姿の團十郎。

看板用の上出来なもので、〝分銀がけ〟でないため小ぶりだが、出来ばえ自体は行方知れずの飴花魁に負けてはいまい。

とらはホトケが転がる部屋の隅でこれを見つけ、こっそり懐にがめていたのだ。

「ちぇっ。汚れてなかったから、あとで食べようと思っていたのに」

「信じられないことをする従姉です。一応言っておきますが、食べたら死ぬかもしれませんよ」

くまは助六をとらの手から引ったくり、窓から差し込む日にかざす。

黒い目と白い肌には、うっすらと青みが差していた。あまりにも見事な色合い。このような飴、他所では一度も見たことがない。

あの飴花魁ほどではないが、かなり近い色であった。

果たして、どのように作るものであるのか……。

「どうです、見事な色とは思いませんか？――父上、それに皆様方、どうかお願いがございます」

「うむ、なんだね球磨くん」

「これと同じ色の飴を作っていただきたいのです」

一同の顔に、ぱあっ、と眩しい光が宿る。

彼ら学者という人種は、興味をそそる事象に出会うとこのような表情になるものなのだ。

どうやら、まだまだ台所を使うと知って、母の久喜は卒倒していた。

幕間の壱

鵺(ぬえ)、と呼ばれる老人がいる。

お伽噺(とぎばなし)の怪物の名だ。——狒々(ひひ)の頭に胴は狸、手足が虎、尻尾(しっぽ)は蛇で声は虎鶫(とらつぐみ)。真夜中にのみ現れては人を喰らうと云われている。

それを渾名とするこの老人も、やはり夜毎に人を殺めているのでは、と周囲の者たちによく噂されていた。

(……孫でも遊びに来ぬものか)

いつも耳障りな飴売りの声が、今日はトンと聞こえない。

風向きのためであるのか、それとも死んでしまったからか。

江戸の市中は駄菓子の国だ。お上が倹約倹約と口うるさく繰り返していたにもかかわらず、町には飴に饅頭、羊羹と甘くて安い菓子類が溢れている。

他の食い物も菓子と似たようなもの。蕎麦も煮物も甘辛い味が好まれており、それら以外も寿司に天麩羅、うなぎの蒲焼(かばや)きと、手軽で単純なものが喜ばれた。

いや、食だけではない。多くの事柄で、繊細さよりも単純明快さに価値が置かれる。芝居や歌、着物の色柄、職人の仕事ぶり、さむらいの気風、そして犯罪。――どれも江戸では子供めいた『急ぎ働き』を皆好んだ。

なればこそ駄菓子の国。

大人になれぬまま年老いて死ぬ、糞(くそ)餓鬼どもの都であった。

彼は江戸が嫌いであったが、江戸も彼を嫌っていよう。お互い様だ。

（自分も、糞悪餓鬼のまま死ぬのだろうか……。地獄に落ちる前に、一度くらいは孫に会いたい。――ああ、遊びに来てはくれぬものか）

どれほど待とうと来るはずはない。承知している。そこまで耄碌(もうろく)してはいない。だが、願うくらいは自由なはずだ。

孫は、老人の人生を甘やかしてくれる。その愛らしさが『自分の人生は浅はかな餓鬼道でなく、立派で意味のあるものだった』と信じさせてくれるであろう。

遠くからなら何度も見ている。

孫のとらは十二歳。お転婆だが美しい娘に育った。

肆「青工房」

一休みしているうちに、もう七つ半（午後五時）を回っていた。

わずかに赤らみ始めた空の下、沖田は再び飴屋辻へと向かう。

（やれやれ面倒ごとをする羽目になってしまった。——もしかするとサンノジのやつめに上手く乗せられたのかもしれん。あやつ、うすのろに見えて、意外に口は達者であるからな）

歩き疲れて、ついつい不平ばかりが頭に浮かぶ。

他の同心ならば平気でサンノジを奉行所に突き出して、さっさと仕事を終わらせるはずだ。——そうしないのは沖田以外だと、石頭で有名な雷公加藤くらいのものであろう。役人らしく器用に立ち回れない自分自身が恨めしい。

ブツブツ文句を垂れながら一旦、飴屋辻の番屋へと寄る。

「あっ、沖田の旦那——!!」

「おや、彦五郎ではないか」

この男、まだ新米だというのに、自身番屋の番太相手に茶を淹れさせ威張り散らしていたらしい。若僧は目を離すとすぐこれだ。

「困ったやつめ。だが、帰っていないとは感心感心。貴様、思ったよりお役目熱心であるのだな」

「いえ、あっしも帰ろうとしたのですが……。加藤様のところへ報告に参りましたら、さんざっぱら怒鳴られまして。それで一人でいろいろ調べておりました」

「ははっ、お馴染みの雷か。沖田が怠けている分、倍働けとでも言われたか？　ちょうどいい。今から聞き込みに行く。貴様も来るのだ」

こんな新米でも、何かの役には立つだろう。

彦五郎は、沖田が孫を連れていないか何度もキョロキョロ確認してから「へい」と首を縦に振った。

沖田たちがまず訪れたのは、この界隈の『飴売りの親方』のもとであった。

「――御免。源兵衛親方はおいでかな？」

「これは沖田様、お役目ご苦労様でございます」

手代に呼ばれて出てきたのは、商売人というよりもやくざの親分といった貫禄の中年男。――実際、彼の仕事は飴売りよりも渡世人に近い。

「で、やはり本日は、ちどりの千吉殺しの件で？」

「うむ。この飴屋辻の飴売りは、親方を通さずには商売ができぬのであろう？」

「左様でございます」

つまりは一種の問屋だ。水飴、唐人飴、飴細工など、飴と名の付くものは材料を親方から仕入れねばならず、露店の場所割りもこの男が決める。それが飴売りたちの掟であった。

「では死んだ千吉の飴も、材料は親方のところで仕入れたのだな？」

「はい。普通の安い飴の方は。――看板用の出来のいい飴細工は別ですが」

「なぜ別なのだ？」

「やはり腕自慢の逸品は、職人の領分なので……。あたくしどもも口を出せません」

「ずいぶんと甘いな？　それにサンノジがぼやいておったぞ。千吉の露店は、自分の店から近すぎだと。場所割りをしくじっていたのではないか」

「は、返す言葉もございません……。死んだ者を悪くは言いたくないのですが、実はあの千吉、ああ見えて大変な性悪でして――。おまけに口上は駄目なくせに口は達者で、うちの番頭をたぶらかし、知らぬ間にいくつも勝手な約束を取り付けたのです」

「ほほう。一番醜男の店の近くにしてくれと頼まれたのか?」

「ええ、まあ、そういうことで……」

今の口ぶりでは、この親方、千吉が女と知っていたらしい。『性悪』という言葉は、あまり男には使わぬものだ。

(――案外、たぶらかされたのは、この男自身かもしれぬな)

親方が言うには、あの男装飴売りが飴屋辻に来たのは、ほんの三日前のこと。以前は日本橋の芝居小屋近くで飴細工を売っていたが、そこで何やら揉めごとを起こして流れてきたのだとか。

「他所で揉めごとを起こした者に、ずいぶんあっさりと店を出させたのだな?」

「は……はい、それは、まあ……」

この慌てぶり。やはり、たぶらかされたのは親方本人ということか。

(ふふん、まあ仕方あるまい。あれほどの美形だ)

魔性の女というやつだろう。それとも男のふりをしたまま騙したか。――日本橋で起こした揉めごととやらも、どうせその美貌に因るものだったに違いあるまい。

(この調子では千吉とやら、サンノジ以外にも大勢恨みを買っているな。相手は男で

あるのか女であるのか）

沖田には、いよいよ下手人が誰であるのかわからなくなってきた。

「そういえば――千吉の飴細工、出来のよいものは自分で作ったのではないのであろう？　では、誰が作ったものなのだ」

「さあ、聞いておりません……。日本橋のころから、誰か別の職人に作らせた飴を看板にしていたそうですが、当時はそこまでの評判ではなかったそうで」

だとすれば、頼む職人を変えたのか？　あるいは急に腕を上げたとでも？

「ただ、あの飴細工、あたくしもこの稼業に足をつけて四十年になりますが、あんな見事なものは初めてお目にかかりました。――おそらく道具も染料も、うんと特別なものを使っているのでしょう」

たとえば、サンノジの店にも飴細工の道具は当然置いてある。

金型、へら、小刀の他にも、飴を煮るための鍋や、材料を調合するための秤など。

だが千吉の飴は、普通の飴細工師が使うものよりも、ずっと高価で上等な道具がなければ作れぬという。――この道四十年の親方が言うのだから間違いあるまい。

「高価な道具か。景気のよい話だな」

分銀がけの飴も、元手の一分銀がなければ作れまい。

「そうですな。しかし当の千吉本人は、さほど懐豊かでなかったようです。銭がないから飴の材料代や露店の場所賃を負けてくれと、必死に頼んでおりましたし」

「なるほど、必死に頼んだか」

つまりは、やはり色仕掛け。

あの千吉は親方に抱かれることで条件を飲ませたに違いない。――たしかに懐に余裕があったなら、そんな手を使いはせぬはずだ。

源兵衛親方は余計なことを言ったと気づき、ばつの悪そうな顔になる。

「アー、オホン。とにかく、あたくしの知っていることはこれで全てでございます。――こちら些少ではありますが、お草鞋代にございます。ちどりの千吉も新参とはいえ我らの仲間。下手人を捕らえるお力添えになればと……」

飴売りの親方らしく、芝居がかった口上だ。

差し出した二つの包みには、沖田には一分銀、彦五郎にはその半分の二朱銀が入っていた。分銀がけの飴玉太夫といい、今日は一分銀に縁のある日だ。

沖田は別段、悪徳同心というわけではなかったが、わざわざ受け取らぬ理由もない。袖の下は十手持ちの役得であり、同時に重要な職務(つとめ)でもある。このような『力添え』がなければ日々の見廻りや捕り物は、金子が足らずに不可能となる。

「うむ、承知した。では儂らはこれで。何かあれば、すぐに番屋へ報せるのだぞ」

一分銀を懐に仕舞うと、二人は源兵衛親方のもとを去った。

表に出ると、日はとっくに暮れていた。

薄闇の中を歩きながら、沖田は新米岡っ引きに訊ねる。

「どうだ、嬉しいか？　貴様には初めての袖の下であろう」

だが彦五郎は、まるで酸っぱいものでも口に含んだような顔をして、

「……いいえ、あんまり」

と返事をした。

「おや？　嬉しくないと申すか」

当てが外れた。『浮かれるなよ』と釘を刺してやるつもりであったのに。

「二朱も貰って嬉しくないとは贅沢者め。儂の半分だからと拗ねておるのだな？」

「そんなんじゃありません。ただ……あの千吉とかいう女飴売りが憐れで」

「ほう、憐れとな？」

「だって、そうじゃありませんか。あんな無残に殺されたのに、誰も悲しんでるやつがいねえ。さっきの飴屋の親方なんざ、抱いた女だろうに、ろくに気にもかけちゃい

ない。それが、あんまりにも憐れすぎて……」

なるほど、こやつはこういう新米であったか。——沖田は、彼を見る目が少しだけ変わった。生意気で口だけの男と思っていたのに。

「ホトケを見て吐きそうになっていたくせに、なかなか一丁前のことを言うのだな」

「へい、すいません……」

(だが、こやつが憐れむことで、千吉も少しは成仏しやすくなるかもしれん)

口にはしないが、そう思う。

源兵衛親方の話を聞く限り、死んだ千吉も曲者(くせもの)で、殺されるだけの理由がありそうだ。一切の責なく死んだとは考えにくい。

殺されたホトケは大半がこうだ。老同心は知っている。同情に値するような無垢なる骸は半分に満たず、ときには下手人捜しが馬鹿馬鹿しくなることもある。——しかし、それでも全力を尽くさねばならぬのが十手持ちというものだ。

御役目に慣れてしまった老同心には、人の死で一喜一憂できる若者がほんのわずかだけまぶしく見えた。

「ときに彦五郎よ、貴様、悪所は好きか?」

「悪所?」

「そうだ。遊女に博打、酒――そういった場所に出入りはしているのか？」

「そりゃ、もちろん。嫌いな奴などいないでしょう。気晴らしに奢ってくれるんですかい？」

「馬鹿者。調べて来いと言っているのだ。千吉殺しの下手人が飴玉太夫を持ち去ったというのなら、割って中の一分銀を取り出すであろう。――そんなあぶく銭、貴様ならどうする。パアッと無駄遣いするのではないか？」

「なるほど、それで悪所というわけですな」

「わかったら、急いで聞きに回って来い。飴のこびりついた一分銀を使う者がいなかったかとな」

＊＊＊

沖田が屋敷に帰ったのは、さらに半刻経ってからになる。

足元が真っ暗な中、番屋で借りた提灯を使い、なんとか玄関まで辿り着いた。

「――戻ったぞ」

いつものように、誰もいない屋内へと向けて声をかけると――、

「お帰りなさいまし」

　女の声で返事があったため、沖田は思わずギョッとなる。

「あははっ。旦那さまったら、そんなにびっくりなさらないでくださいまし」

「なんだい、お咲さんだったか。まさか返事があるとは思わず、すっかり魂消てしまったよ」

　沖田のうろたえぶりに老僕丹兵の娘お咲はコロコロと笑っていた。提灯に照らされて夜闇に真っ白い歯が浮かび上がる。

「夕餉、できております。よかったら、汁を温め直しましょうか？」

「ああ、頼めるかね？　しかし、それを訊くために、わざわざ儂を待っていてくれたのかい」

「いえ、そうでなくお話が……。あの――このお屋敷、もしかして出るんじゃございませんか？」

「出る？　出るとは？」

「つまり……ユウ的なものが」

「ユウ的？　幽霊ということかね」

「はい。夕刻、お食事の支度をしておりますと、使ってないはずの奥の部屋から人の気配がしてまして――なのに見に行ってみると、やはり誰もいないのです」

「おやおや、そうかい……」

　沖田は、幽霊の正体を知っていた。

　匿っているサンノジだ。

（まさか、お咲に気取られるとは――）

　おそらく、サンノジが迂闊なのではない。あの男は身を隠すのは得意なはずだ。そうでなくお咲が鋭いのであろう。獣のような勘であった。

「鼠か風の音ではないのかね？　そうでなくば気のせいか」

「そうでしょうか？　それならいいのですが……。それと旦那さま、もう一つ」

「他にもあるのか？」

「というより、こちらの方が本当の用なのです」

「なのに幽霊の話を先にしたのか」

　つまりは、そのくらい苦手ということらしい。あきれはしたが、むしろ驚きの方が先にくる。笑っている横三日月の白い歯は、よく見ると小刻みに震えていた。

　まさか、このお咲にそんな子供のような弱点があったとは。

　沖田がぷっと吹き出すと、年増娘は口を閉じ「もうっ」と、むくれた。

「はは、悪い悪い。それで、どうしたね」

「はい、『せきえい先生』という方の使いから、お手紙を預かっております」

「せきえい先生？　くまの父である安倍石英殿か。はて、手紙など珍しい」

中を開けば走り書きにて、ただ一行、

『――前略、拙宅まで来られたし』

とあった。

殺風景な文面だ。どうやら大事な用であるらしい。

＊＊＊

結局、味噌汁は冷えたまま食べた。

沖田は急ぎ夕餉を掻き込むと、早足でくまの家――安倍石英の邸宅に向かう。

さほどの距離ではないものの、今日は朝からやたらあちこち歩いている。さすがに息が切れかけていた。

(たしか、このあたりであったはずだが……)

夜も更けた中、月明かりと切れかけの提灯のみで御家人町を歩き回ると、道の真ん中に奇妙な集団が陣取っているのが見えた。

(――さては、あれであるな)

数にしておよそ十人余り。

近所中から行灯や提灯を集めたらしく、その一角のみが煌々と光っていたが、灯りに照らされていたのは皆、学者だ。――それぞれ武家風、町人風、医者風、坊主風と様々な格好ではあるが特有の雰囲気で察しがついた。全員、娘婿の石英殿と似た空気を纏っている。

彼らは夜道の地べたに見慣れぬ道具をずらりと並べ、火を起こし、何かをグツグツと煮詰めていた。近づくと、いかにも薬品めいた刺激臭が鼻を突く。

「貴殿ら、何をしておられる？」

同心姿の沖田が声をかけると、学者たちの顔に緊張が走った。――なんというやましい態度。ここが町人地であったなら『挙動不審である』と全員しょっぴいていたところだ。

だがそのとき、やや離れたあたりから、

「義父上殿、こちらです」

　と声をかけられた。

　安倍石英だ。見れば道の端に座り込み、眠りこけたくまととらを左右両脇にはべらしていた。

「こんな状態でご無礼を……。子供たちが退屈で眠ってしまいまして、こうして面倒を見ていたのです」

「いやいや、構わんとも」

　否、本当は構う。――二人が石英にもたれかかって寝ている姿は、正直言って不愉快だ。うらやましい。自分の可愛い孫たちを横取りされた気分であった。

　もちろん、くまにとってこの男は父であり、とらにとっても叔父なのだから、懐いていても苛立つ理由は少しもない。そのくらい頭ではわかっていたが……。

（こやつ、娘だけでなく孫まで儂から取りおって。木刀も振れぬ青瓢簞（あおびょうたん）のくせに）

　もちろん、口に出して言いなどしない。

　ただ、『こんな往来で寝かせて、風邪でも引かせたらどうするのだ』と理屈っぽく叱ってやりたくなった。

　それにしても、孫たちの寝顔の麗しいこと。すやすやという息も美しい音楽のよう。

まるで小さな天女ではないか。改めて、この娘婿殿が羨ましい。

(やはり、嫌味くらいは言っておくか)

　そんなことを考えているうちに、とらとくまは目を覚ます。

「あっ、じいじ様」

「祖父殿、よくぞおいでくださいました」

　二人はそのままぴょこんと飛び起き、沖田の体に抱きついた。おかげで、やっと溜飲が下がり、石英に八つ当たりをせずに済んだ。

「それで、お前たち、これはどういうことなのかね?」

「聞いて、じいじ様。叔父上様ったら、とらたちに『近くに来たら駄目』と言うのよ。煙が体に悪いからって」

「あんまりな仕打ちです。くまが見つけてきた話だというのに、大人たちばかりで楽しんで」

「どうにも要領を得ぬな。――石英殿、これは何をしておられるのかな?」

　学者たちは何をしようとしているのか。そして、沖田を呼んだのはなんのためであったのか。

「それなのですが……。球磨くん、寅くん、きみたちは少し向こうに行っておいで」

孫二人はぶうぶう文句を垂れながらも席を外す。沖田も本当は同じようにぶうぶう言いたかったが必死で堪えた。

子供たちが離れると、青瓢箪の娘婿は顔をきりりと険しくさせる。

「我らが作っていたのは、ｂｏｎｂｏｎ――つまりは飴でございます」

「飴？」

ただの飴のために、大の大人が――それも学者がこれほど大勢集まり、往来で大騒ぎをしていたとは。

「はい、飴細工です。昼間、球磨が『お手本と同じ色の飴を作ってほしい』と言い出しまして。しかし、それが意外と難しく……気がつけば天文方や、他の学者連中も嗅ぎつけて、皆で道具や薬を持ち寄り、家の前でこのようなｆｅｅｓｔ（おまつりさわぎ）になってしまいました。面目ない」

「いや、儂に謝る必要はないが――」

とはいえ『だったら家の前の道端でなく、天文方の建物なり、もっと広い場所に行けばよいものを』とは思う。近所の者たちも迷惑であろうに。

「だが、なるほど飴作りか。飴師の持ち物は蘭医に似るというからな」

学者たちの持ち寄った道具や薬は、飴細工に使えよう。秤に器に染料、香料。いずれも似たようなものを沖田はサンノジの家で見た覚えがある。

古今東西、菓子というのは最新科学の結晶である。遥（はる）か西洋では外交の場で贅を凝らした菓子を出すことで国力を示し、敵国に戦を避けさせるという。――幕府の方針により軍事、医学、薬学などの発展が滞り気味な江戸においては、菓子こそが科学・化学の最先端であった。

もっとも今、この道端で学者たちが使っていたのは、飴師のそれよりずっと本格のもの。

精密な秤に、酸で溶けぬギヤマンの器、石炭を焼く火鉢、その高熱に耐えうるるつぼ。さらには様々な薬品類。

飴屋の源兵衛親方は『千吉の看板飴を作った者は〝高価で上等な道具〟を使っていたはず』と言っていた。その道具とは、このようなものであったに違いない。

「さすがは義父上殿、よくご存知であられる。球磨たちの持ってきた飴を再現するには、この設備が必要だったのです。――誰か、例の飴を持ってきてくれ。両方だ」

石英に言われて仲間の学者が持ってきたのは、串に刺さった飴細工。

それも二つ。――片方は歌舞伎の助六。

見覚えがある。死んだ千吉が売っていたものだ。これが〝手本〟であるらしい。色の秘密を探るためにあちこちが削り取られ、いわば『助六の残骸』とでも呼ぶべき見るに堪えぬ有様となっていた。

もう片方は、別の意味で見るに堪えぬ。同じ助六ではあるものの、胴はでっぷり太り、あちこちがグニャグニャ歪んでいた。顔もつぶれてへちゃむくれで、まるでサンノジが仮装したかのよう。

「いかがでしょう、義父上殿。こちらの潰れ気味のが我らのこさえた方の飴です」

そうであろうな、と沖田は思った。聞くまでもない。

飴細工というのは熟練の手管を必要とするものなのだ。だが——、

「似ておるな。——いや、むしろ、まったく同じものであろう」

世辞ではない。色の話だ。形はともかく色だけであれば寸分違わぬと言っていい。

例の青みを帯びた色味が、見事に再現されていた。

だが、これを見せてどうするというのか？

妻の父で廻り方同心の自分に見せて、この男は何をするつもりであるのか。——沖田は不思議に思っていたが、どうやらここから先が本題らしい。

「この青は、飴にｃｙａａｎを混ぜたからです」

「しあん？」

「色を青くする薬です。阿蘭陀では絵の具の材料にも使っており、我ら学者内(うち)では〝青酸〟あるいは〝天神〟とも呼ばれております。――猛毒です」

「毒だと？　飴にか？」

「他にも、この澄んだ白は砒素(ひそ)によるもの。色の落ち着き具合は水銀(みずがね)のおかげ……」

「なんと、毒の塊ではないか！」

「さらには銀、鉛、錫(すず)、銅など金属類も。いずれも、ほんの極々微量ではありますが、決して体によいものではございません。殊に小さな子供にとっては」

沖田は、やっと自分がなぜ呼ばれたのかを理解した。

この毒飴は、つい昨日まで町で売られていたのだ。高価なものではあるが、人気の露店だ。買った客も少なくあるまい。

しかも、こしらえたのは殺された千吉ではない。まだ飴師は生きており、今後も飴を作り続けるかもしれぬ。――そして作られた毒飴はどこかで売られ、子供が口にするかもしれぬのだ。

「わかった。すぐに儂から奉行所に報せ、江戸中に青い飴を食べぬようふれを出してもらうとしよう」

「お頼み申します。――それと先ほども申しましたように、毒はそれぞれ極わずか。

飴を平らげても、いきなり死ぬことはないでしょう。ただし……」

ちょうどそのとき別の学者が、できたての飴細工を持ってくる。

助六より一回り大きなその飴は、例の分銀がけの飴玉太夫——あれの不恰好な偽物であった。

「球磨たちの記憶をもとにこさえたものです。似ておりますか？」

「うむ、だいぶ近い色をしておる」

その質感は、まるで本物の女人の肌に上物の白粉（おしろい）を塗ったかのよう。色むらがあり、どこか濁った感じもあったが、飴屋辻で見たものとたしかに似ていた。

「こちらは、食せば死にます。毒が百倍入っていますので」

＊＊＊

沖田は息を切らすことすら忘れ、奉行所へと駆けていく——。

一方、孫のとらとくま。

先ほど『少し向こうに行っておいで』と命ぜられ、文句を垂れながらも席を外していた二人だが、

「つまんないの。あちしたちにも話を聞かせてくれてもいいのに」

「まったくです」

夜の道端に座り込み、やはりぶうぶうと言っていた。

『大事な件だから大人だけで話をしたい』という理屈もわからぬわけではなかったが、それでも不平が口を突く。

「父上は勝手なのです。ぼくが最初に、飴花魁の不自然さに気づいたというのに」

「…………」

「祖父殿も、とりなしてくれればいいのに。『この子たちもいっしょに聞かせてやろうじゃないか』と、おっしゃってくれれば——」

「…………」

「——？　とら姉、どうしたのです？」

とらがいきなり無言になったため、くまは不思議そうな顔で理由を訊ねた。

眠いのだろうか？　しかし顔を見る限り、目は提灯より爛々と光を放っていた。

「——くま、よく聞いて」

少女武芸者は、うんと声を潜めて耳元で囁く。

「なんでしょう？」

「しばらく何ごとも起きてないみたいに、あちしに話しかけていて」

「………」

不可解な指示だ。しかし従姉の語調から悪戯などではないとわかり、

「本当に困るのです。こないだも似たようなことがありました。話しましたでしょうか、たしか三日前のこと……」

と、喋り続けた。

とらは何度か相槌を打つと、近くの松の木に行儀悪くもたれかかる――。

「そういえば憶えておられますか？　去年、とら姉と初めて会ったときのこと。いえ、正月の挨拶などで顔を合わせたことはありましたが、ぼくにとっては去年が初めてのようなものでした。家も近所であるのに不思議なものです。あのとき、ぼくは……」

くまはまだ気づいておらぬが、ほんの二十歩離れた物陰に、身を潜めている人影があった。

黒装束に黒頭巾の男だ。――隣家の垣根の裏から、ずっと少女二人を監視していたのだ。

男はくまと松の木に目を遣りながら、会話の内容を少しでも聞き取ろうと耳に全ての神経を集中させる。そのため……、

「――はい、そこまで。神妙になさい」

黒頭巾は、とらが背後から接近していたのに気づかなかった。

「――!?」

「びっくりしちゃった？　まだ松の後ろにいると思ってたでしょ？」

とらの口から、ふふん、といつもの得意げな笑み。

監視されているのに気がついたとらは、自然な動作で松の木の裏に身を潜め、そのまま夜闇や物陰を辿り、こうして相手の真後ろまでぐるりと回りこんだのだ。

「で、あんたどうしてあちしらを見張ってたの？　あと、何よ、その格好？　黒ずくめで顔まで隠して、もしかして忍びの者？　だとしたら本物は初めて見たわ」

隠れ方もなかなか上手い。父の道場に山ほどいる自称『忍びの子孫』の類より、ずっと腕は上だった。

この男の存在に気がついたのは、ただの偶然でしかない。夜というのに木の上で小鳥がかすかに鳴き、ふと目で追った際、黒装束の影が一瞬視界の端に入ったのだ。

黒頭巾の男はただ黙したままジリジリ間合いを取っていく――。

「おっと、逃がさないわよ。なんであちしたちを見張ってたのか、全部吐いてもらうんだから」

少女の手にはお得意の微塵錘。——三つ又に分かれた鎖分銅だ。

昨日彦五郎を懲らしめたときとは違い、今度は鉄鎖と金属錘の本物である。捕り物をするために、十手といっしょに道場の物置から持ち出してきたものだった。

とらが頭上でぶんぶん鎖を振り回すと、黒頭巾は腰を低く落として身構える。

そして、短刀でも取り出す気なのか、そのまま懐へと手を伸ばすが……、

「させない！」

男の右手めがけ、少女は「やあっ」と鎖を投げつけた。

だが、これは黒頭巾の罠。

体を動かしてから、とらはしまったと後悔する。まんまと誘いに乗ってしまった。

この武器は、敵が近づこうとすれば分銅にて打ち据え、敵が離れようとすれば投げて鎖を絡みつかせるのに使う。——動かぬ相手に先制攻撃するには不向きな得物であったのだ。

案の定、頭巾の男は身をかわし、鎖は虚しく宙を切る。

（厄場（やば）い！　やっちゃった……。こいつ、微塵錘を知ってるんだ！）

二百年以上昔に忍びが使っていたという、とっくに忘れ去られたはずの武器を。

――それも対策まで知っていたとは。

（やっぱり、こいつ忍びなの？　見た目の通りに？　だから、忍びの使う武器に詳しい？　――忍びの者って本当にいたんだ！　厄場い、厄場い、真面で厄場い！）

武器を投げてしまい、今のとらは丸腰だ。残るは腰の木製十手のみ。こんなものは虚仮おどしの飾りに過ぎぬ。

黒頭巾は前に出て攻撃に転じてもよし、後ろに下がって逃げてもよし。――いずれにしても、とらは既に『詰み』であった。

（やられる――!!）

きっと相手は、前に出て攻撃してくる。今度は本当に懐から短刀を取り出し、とらの胸を突くはずだ。

もう終わり。そう覚悟をし、思わず瞼を閉じてしまった。世界に闇の帳が降りる。

なのに――、

「……あれ？」

痛くない。死んでもいない。

目を開けけば、背を向けて走り去る男の姿。

（下がった……？　どうして？）

子供だから情けをかけたのか。それとも殺す価値がないと判断したのか。

はたまた、あの男は『人を殺める覚悟』を持たない程度の小心者で、そんな相手にとらは敗れてしまったのか。

いずれにせよ、十二歳の少女武芸者にとっては泣きたいほどの屈辱であった。

黒装束の背中は、夜闇の中へと消えていく……。

＊＊＊

一刻（約二時間）後——。沖田は奉行の役宅にいた。

飴玉太夫が猛毒飴であると聞かされた老同心は、急ぎ奉行所に行き、ちょうど居合わせた同心三席の雷公加藤へ報告をした。——加藤はさすが仕事が早く、そのまま与力衆へと話を伝え、さらには早馬で奉行の耳へ。

その後、沖田はこうして奉行宅へと呼び出され、今は三席加藤と共に、座敷で奉行を待っているところであったのだ。

「……沖田殿、お手柄でございましたな」

怒鳴ってばかりで有名な加藤が、珍しく沖田を褒めた。

行灯で照らされる雷公殿の顔は苦々しげなように見えたが、これでも彼なりに微笑んでいるつもりであったのだろう。――あるいは、まだ毒飴で被害が出る可能性もある以上、ニコニコ笑ってはおられぬということか。

なんにせよ、沖田はやや嬉しくあった。

歳が半分ほどの、いつもガミガミうるさい上役に褒められて喜ぶのは癪であったが、それでも働きを認められて悪い気などはせぬものだ。

「きっと、お奉行からも直々(じきじき)にお褒めの言葉をいただけましょう。それに御褒美も」

「いやいや加藤殿、拙者の力ではござらん」

むしろ他人の力添えのおかげだ。娘婿の石英や、その仲間の学者たち――さらには孫のくまととらの手柄でもある。

(謙遜ではなく、本当に儂の力ではないな。もし褒美に金子をいただけるなら、石英殿らに渡さねば。もちろん、くまたちに小遣いも)

だが、そもそもこの一件はまだ何も終わっていない。

急ぎ、下手人を捜し出さねば。なぜ毒飴が売られていたのか、その秘密を突き止めなければなるまい。さらにはサンノジの疑いも晴らす必要がある。

久々に腕が鳴った。この窓際同心が仕事をする気になるなど、果たしていつ以来であったろう。――と、そこに、

「――待たせたな」

襖を開けて入ってきたのは、この屋敷の主。

南町奉行、鳥居甲斐守であった。

沖田は奉行所で何度も姿を見かけていたが、それでも目にするたびに身が竦む。

――沖田より十歳以上も年下のはずであるのに、見た目だけならずっと年かさの老人のよう。頬は痩せこけて目も窪み、唇の周りも皺だらけ。

なのに背筋はしゃんと伸び、瞳は獣か猛禽のごとく異様な精気に溢れていた。講釈に出てくる老剣豪の佐々木小次郎もこのような面相であったのかもしれぬ。

「お主が沖田か。前から異名は聞いておる」

「は、お恥ずかしき」

「なに、恥じることはない。自慢に思え」

奉行は、笑って目を細めることでその眼光を隠しつつ、傍らの文箱から袱紗包みを取り出した。

「褒美だ。持っていけ」

「ありがたき幸せにございます」

開いてみれば、中身は金子。それも一両小判が五枚もあった。大金である。言葉通りの褒美金ではあるまい。さては『急ぎ、事件を解決せよ』と尻叩きのつもりであろう。沖田はそう捉えていたのだが――、

「沖田よ、この一件は儂に預けよ。これ以上の詮索は無用ぞ」

違った。逆だ。口止め料だ。

奉行は、手を引け、と言っていたのだ。

伍「偽忍屋敷」

（……年寄りの窓際同心など邪魔なだけ、ということか）

まさか仕事を外されるとは。本当なら人手が一人でも多く欲しいところであろうに。

沖田は奉行の役宅を出る。――加藤は門の外まで見送ってくれた。この後も何やら奉行と話すことがあるとかで、一緒に八丁堀には帰らぬらしい。

「沖田殿、さぞ、お気を落としておいでしょう」

この雷公加藤は常に面相が険しく、感情を読み取り難い男であったが、今どのような気持ちであったかは沖田にも察しがついた。

本気で、沖田を気遣ってくれていたのだ。

なので――、

「いや、なに、むしろ願ったり叶ったり。仕事が減って、またのんびりできるのですからな」

余計な心配をかけぬよう軽い調子で返事をした。

すると、この若い上役はカッと真っ赤になって怒りだす。

「なんですと！　沖田殿は悔しくないのですか？　ついさっきまで貴殿は久々に張り切っておられるように見えましたぞ。なのに、どうして平気なのです？　――途中まで手がけた事件（やま）を横取りされれば、同心ならば怒り心頭となるものでしょうに」

提灯（ちょうちん）で照らされた加藤の憤怒顔は、まるで本物の雷様のようであった。

「そう申されましても、お奉行の御下命ですので……」

それに奉行は『儂（わし）に預けよ』と言っていた。下手人（げしゅにん）を野放しにするわけではない。

――猛毒の飴玉太夫（あめだまだゆう）を誰かが食べぬか気がかりではあるものの、お偉方たちでなんとかしてくれよう。

「お奉行がどのようなお考えかは図りかねますが、事件（やま）が解決するなら我が手でなくとも構いませぬので」

「なんと！　沖田殿、失言ですぞ。そのような了見では誰も本気で捕り物をしなくなるではありませぬか」

正しいのは相変わらず加藤の方だ。この男、正論ばかりを口にする。

だが、御下命なのだ。仕方がないではないか。

それともお偉い同心三席さまは、町奉行の甲斐守様に逆らって手柄争いをしろというのか？　それこそ了見違いというものであろう。

沖田は雷公殿に言い返してやろうかとも思ったが、ちょうど駕籠が来たため二人の話はそこで終わった。奉行が呼んでくれた町駕籠だ。

「では加藤殿、これにて失敬を」

「は……。拙者も言い過ぎました」

駕籠に乗ると、駕籠かきに「やはり八丁堀ですかい？」と行き先を訊ねられたが、沖田は少々考えた末、

「いや、四谷へ回ってくれ。四谷と千駄ヶ谷の間あたりにある御家人町だ」

と指図した。

先に娘婿殿と話しておこう。

駕籠に揺られながら沖田は思う。

（――こやつら、駕籠の担ぎ方が上手くないな。副業に熱を入れるのもよいが、本業を疎かにするのは感心せぬ）

この駕籠かきたちは、おそらく奉行の密偵だ。あとで『沖田は直接帰らず、学者の

ところへ寄っていました』と報せるに違いない。

だが、知られて困る理由は特になかった。飴玉太夫が毒だと突き止めたのは石英ら天文方の学者衆だと、奉行には既に伝えてある。

むしろ『沖田は当件から外されたのに、天文方に一言の挨拶もなかった』と報告される方がよほど心証は悪かろう。

御家人町に着くと、学者一同が後片付けをしている最中だった。

ちょうどすぐ手前に、石英の姿を見つけた。よく見れば背中に娘のくまをおぶっている。もう遅いので疲れて眠ってしまったらしい。

どれ、孫の寝顔でも見てやろうと、沖田は娘婿に声をかける――。

「石英殿、もう飴作りは終わりですかな?」

「アッ、義父上殿。どうぞこちらへ。皆に見つかるとverveelendです」

そのまま塀の陰の目立たぬところへと連れていかれた。

「ご無礼を。学者仲間の中には町奉行所に対して怒っている者もおりますので」

「怒る?　何があったのだ?」

「ja。義父上殿が去られたあとも我らは飴作りを続けていたのですが、しばらくすると奉行所の方々が来られて『すぐ片付けよ』とたいへんな剣幕で……」

「なんと⁉」

奉行の差し金であるのだろうか？

だとすれば天文方をはじめとする学者たちに、これ以上飴玉太夫の秘密を調べられたくないということか？

（甲斐守様は、毒飴の件を隠そうとしている……？　何ゆえに？　知られて困ることがあるとでも？）

思えば、沖田を事件(やま)から外したことも気になる。

年寄りだから邪魔者扱いされたと勝手に思い込んでいたが、もしかすると本当は、真相を知る者を一人でも少なくしたいのかもしれぬ。

「石英殿、奉行所の者に乱暴などされはしなかったか？　お仲間が殴られたり、連れて行かれたりしていたならば必ず儂に言うのだぞ」

「いえ、その点はｇｅｒｕｓｔ(へいき)です。お心遣いありがとうございます」

平気と言ってはいるが、言葉の端々に阿蘭陀(おらんだ)語らしき言葉が出ている。

この喋(しゃべ)り方自体は彼の癖ではあったが、心なしか普段より頻度が高い。何かに動揺している証しだ。

つまり奉行所の者たちは、同じ公儀の役人である天文方の学者らに対して、暴力までは振るわぬまでもそれなりの態度を取ったということであろう。

ただごとではない。やはり何か秘密が……。

「今のところ、pijn（痛い目）に遭った者はおりません。――ただ、奉行所の方々から『こんな夜中まで騒ぐな』『近所から苦情が来ておる』と散々にお叱りを受けまして……」

「いや、それは当たり前であろう？　貴殿、何を言っておる」

やはり学者という人種とはわかり合えぬ。

話を聞いているうちに、余計に事情がわからなくなってきた。本当は奉行の差し金などでなく、特に秘密もないというのか？　単に近所迷惑だからだと？

「……まあ、よい。この餡花魁（おいらん）の一件はお奉行直々（じきじき）のお預かりとなった。儂は捕り物から外されたので、石英殿らも一旦今回の件は忘れよ」

「なんと……。なるほど、承知いたしました」

意外に物わかりがいい。沖田にとっては意外であった。

だが、よくよく考えてみれば彼ら学者は、常に権力者の理不尽に振り回される存在だ。この程度の横槍、慣れっこであったのかもしれない。

「餡のonderzoek（けんきゅう）は中止にしましょう。ですが義父上殿、最後にこれだけは聞いていただきたい。我らはより高い精度で餡花魁を再現しようと、さまざまな方法を試しました。その結果、これはｈｙｐｏｔｈｅｓｅ……つまり仮説に過ぎぬのですが、ぼくが思うに――」

「うむ」

石英は自説を朗々と語る。学者らしく難しくて回りくどい言い回しであったが、何とか沖田にも理解はできた。

そして、仮説とやらを聞き終えたころ――。

「……祖父殿」

父親の背で、くまが目を覚ましていた。眠そうな目をずっとくしくし擦っている。

「くまや、無理して起きてはいけないよ。もう遅い。子供はとっくに寝る時間だ」

「いいえ祖父殿、お話ししたいことが……。くまは、謝らなければいけません」

「謝る？　謝るとはなんだね？」

「くまが余計なことに気づいたばかりに、祖父殿に嫌な思いをさせたのですよね？　それに父上たちにも。皆様に謝らないと。くまは悪い子でしたって……」

「何を言うのだ、悪い子などであるはずがない。くまや石英殿のおかげで飴が毒入りとわかったのだ。お奉行も褒めておられたぞ」

「でしたら、どうして？　どうして奉行所の方々は、父上たちの邪魔をしたのです？

なんにも悪いことをしていないのに」

「それは……」

「それに、祖父殿もこの一件から外されてしまったのでしょう？　なぜなのです？　お手柄ではないのですか？」

いずれも、もっともな疑問だ。

しかし、それらに対する答えを沖田は持っていなかった。

「わからぬ……。だが、くまよ、これだけは言っておく。お前たちは何も悪くない。そして、儂の孫は天下で一番の善い子たちだ。胸を張れ」

いつもなら、可愛い孫が眠たがっている顔をずっと眺め続けていたい。——だが今夜に限っては、目を合わせているのがつらかった。

「そろそろ儂は失敬する。この後も御役目があるのでな」

嘘だ。本当は仕事などない。外されたと説明をしたばかりではないか。

しかし、くまはこの見え透いた嘘を信じたのか、それともわかった上でのことなのか、眠さで半分ウトウトしながら「はい」と小さく頷いた。

「そうだ、祖父殿、次にとら姉に会ったら慰めの言葉をかけてやってくださいまし。帰り際、うっすら泣いておりました」

「泣く？　あのとらがか？　わかった、憶えておこう」

　とらの姿がないことについては今まで気にしていなかった。もう遅いので先に帰ったのだと思っていたし、くまの口ぶりからして実際そうであるのだろう。

　だが、あの気丈な腕白娘が泣くなどとは。

　これは只事ではないかもしれぬ。


　その後、沖田は待たせていた駕籠に乗り、やっと自分の屋敷に帰る。

　着いたころには、もう九つ（深夜零時）を過ぎていた。

「汝ら、雇い主によろしくな。ちゃんと『沖田が学者たちを宥めたおかげで、天文方と揉めずに済みそうだ』と報せよ。儂のことをうんと褒めておくのだぞ」

「へ……へい！」

　密偵の駕籠かきどもをからかってから、いつものように「——戻ったぞ」と無駄声をかけて玄関を上がる。

　いろいろ気がかりなことはあったが、さすがに疲れた。もう限界だ。

　ありがたいことに、お咲が布団を敷いてくれていた。老同心は十手も帯から抜かぬまま、ばたりと床へ倒れ込む。

こんな寝方は十年以上ぶりであった。

＊＊＊

翌朝のことになる。

とらが自室で目を覚ますと、庭から素振りの音が聞こえた。

(父上か……。今朝は音の日なんだな)

父の藤林道順（ふじばやしどうじゅん）は、毎朝夜明けと共に庭で木剣を素振りする。いかにも武芸者らしい日課といえた。

彼の藤林一刀流では、鍛錬のための素振りは音を立てずにするのが基本とされる。ぶん、とは風を鳴らさず、静かに、強く、すっと菜っ葉に包丁を入れるがごとく。息も力まず、声も出さず、玉砂利の上でも足音をさせず。

この静寂こそが剣の力となり、神魂を研ぎ澄ます。――孫子の書に『風林火山』とあるが、この流派では『其（そ）の徐（しず）かなること林の如（ごと）し』が特に重んじられていた。

だが稀（まれ）に、いかなる気まぐれであるのか、ぶんぶん音をさせながら素振りをする日が父にはあった。今朝がそうだ。

（父上、機嫌がいいんだか悪いんだか……）

その法則性はわからない。古い門人たちでも同じだ。——とはいえ、どちらになるのかは精神状態によるものらしいと、皆なんとなくだが察していた。

十二歳の少女武芸者は、寝巻きのままで庭へと回る。

「父上、お早うございます」

「とらか」

奔放なとらも、この父の前ではかしこまった喋り方をする。

とらは、この父が苦手であった。

というより、誰もがこの男を苦手としていた。——ただでさえ、いかにも武芸指南役といった厳しい顔をしているが、いかな修行を重ねてきたのか、その面貌は古傷だらけ。並の子供であったら顔を合わせた瞬間小便を漏らすに違いない。

声も野獣の唸り声のよう。幸いにして無口な男ではあったが、たまに声を出せば近所中の犬が一斉に身を竦めるという。

もちろん、とらにとっては父親であるからして、苦手とするのは姿や声のためではなかったが……。

「とらよ、昨夜は泣いて帰ったそうだな？　もしや誰かに負けたのか？」

父は木剣を振り続けたまま、例の犬怯えの声を娘にかけた。

さすがは鬼の武芸指南役。遅く帰ったことや泣いていたことでなく、負けたことを最初に気にかけるとは。

「……はい、ごめんなさい。それで父上に聞きたいことがあるのです」

「何だ？」

思い切って訊いてみた。

ゆうべから、ずっと気になっていたことだ。

「忍びの者って、今でもいるんでしょうか？」

太平が二百四十年続くこの天保時代、忍びなどというものは講釈やお伽噺の中の存在だ。河童や天狗と同じく誰も実在を信じていない。

だが、とらの微塵錘を破ったあの黒装束は、姿といい、身のこなしといい、忍びの者としか言い表しようがなかった。

あまりに突飛な質問であったためか、父はほんの一瞬、木剣を振る手が止まったが、すぐにまた素振りの音を立てながら——、

「おらぬ」

短く、すぱり、と返事をした。

「本当にいないのですか？」

「おらぬ。――否、正しくは『もうおらぬ』だ。二十と何年か前、私が子供のころまではいた。我が父である先代の藤林道順……つまりお前の祖父が、最後の忍びだ」

「藤林の方のお祖父さまが？」

とらとて自分の祖父が沖田柄十郎（へいじゅうろう）だけではないことくらい知っていた。当然、父方にもじいじ様はいる。――とはいえ父道順が子供のころに他界したとかで、とらは一度も会ったことがない。

それどころか父は自分の父親についての話題を避けようとしている節すらあったため、詳しいことは何一つ知らされていなかった。

これが初めて聞く、藤林家側の祖父の話だ。

「そうだ。我が道場の門人たちは多くが伊賀者甲賀者の子孫であり、中には密偵や諜者（ちょうじゃ）を生業（なりわい）としている者もいる。――だが、本物の忍びではない。あの程度では、そう呼べぬ。ただの忍び気取りの忍びもどきに過ぎんのだ」

「父上も？」

「うむ。この私も含めてだ。本物は信じられぬほど過酷な修行によって、格段に優れた技量と冷徹な精神を身につけている」

まずは心身ともに優れた素質を持つ幼子を探し出す。町人の子ならば攫うか買うかし、武家の子ならば養子として召し上げる。——そうして集めた子らに修練を施すのだが、多くは途中で命を落とし、忍びになれるのは一握り。

かつては藤林家も代々養子に跡を継がせていたとか。それについては、とらも前に何かで聞いたことがあった。

「一人の忍びを一人前に育てるためには、最低でも千両の金子と十年の月日を必要とするのだ」

だが、太平の世が続き、甚大な予算と手間をかける意義が失われ、結果として忍びの者は絶滅したという。

「我が父、先代藤林道順の死によって、この世から忍びは一人もいなくなった」

「じゃあ……もし、どこかに忍びの者が生き延びていて、そいつと立ち合うことになったら——父上だったら勝てますか？」

父である当代道順は、手を止めぬまましばし無言で考え込んでいたが、もう三度ほど木刀をブンブン振るったのち、

「勝てぬ」

と結論を下した。

「勝てませんか？」

「勝てぬ。ものが違う。技量が違う。そもそも心の形が違う。あやつらは人より鬼に近い」

皮肉なものだ。以前、門人たちが陰口で似たようなことを父について語っていた。『先生は人よりも鬼に近い』と。――その父本人がそう言うのだから、忍びというのは相当なものであるらしい。

「とらよ、お前を負かしたのは忍びの者であるというのか？」

「……わかりません。でも、負けました。手加減をされてしまったのです」

「ならば違うのだろう。忍びの心なら、お前が子供でも斬っていた」

「…………」

普通の父親ならば『だから二度と危険な真似はするな』と続けるはずだ。

しかし、道順はそれ以上何も口にしない。やはり武芸者であるからか。ただ木剣の音のみがひたすら庭に響き続けた。

とらも無言で、ただ立っていた。

＊＊＊

くまは朝が苦手であった。

父の安倍(あべ)石英や、その仲間たちも同じだ。おかしなもので古今東西、学者や芸術家というものは皆、朝に弱く、その分徹夜にはやたら強い。

なのに、ここしばらく早起きが続いている。昨日はかすていらを作るために早くから台所に立っていたし、今朝はくだらない理由で起こされた。

玄関の外で母が父や学者たちをがみがみ叱りつけていたため、その声で起こされたのだ。

「そうは申されますが久喜(くき)殿、この探究心こそが学術を発展させ、世の人々を、即(すなわ)ち人類を幸せにするのです。ですから石英殿をあまり責めないでくだされ。――できれば我らもあまり責めないでいただきたい」

「言い訳は御無用です。何が人類ですか。わたくしはただ夜中に騒いで近所に迷惑をかけるなと言っておるのです。それに台所を汚すなと。いい大人に言わねばならないことですか」

「それは、マア、ごもっともで……」

今、久喜から諫(いさ)められているこの男は、父の上役である天文方筆頭。幕府天文方の頂点に立ち、同時に日本学術の頂点にも位置している人物だ。

残りの者たちも皆、学問界隈では名の知られたお歴々。それをこの母は、町内のがき大将一味でも相手するかのように、まとめて叱りつけていた。

くまは途中で眠ってしまったので知らなかったが、どうやら一同の後片付けは朝までかかり、やっと一息ついたころ、起きてきた久喜に捕まって延々説教をされていたらしい。

母の声を聞き、布団で目を覚ましたくまは、

（これは、顔を見せたらぼくも説教されるな）

と、急ぎ身支度を整え、そっと出ていくことにする。

こっそり母の後ろを通る際、学者たちは『助けてくれ』と縋(すが)るような、あるいは『あの子だけ自由で羨(うらや)ましい』と妬(ねた)むような目でくまを見ていたが、無視してそのまま家を出た。

（とりあえず、とら姉のところにでも避難するか）

あの家は朝から稽古で人の出入りがあるはずだ。この時間でも迷惑にはなるまい。

——歩く途中、気になる噂話を聞いた。

とらの家は、くまの家から四町ほど。従姉の脚なら早足で百数える前に着くだろうが、くまは体力がないのでその三倍はかかる。

くまの安倍家ととらの藤林家は、家格の上ではさほどの差はない。しかし住まいに関してだけ言えば、敷地内に武術道場のある藤林家の方がうんと広かった。

家ではなく屋敷である。門構えもはったりを利かせるためか妙に立派で、看板には荒々しい筆致にて『藤林一刀流　虎牢館』と書かれていた。

「ごめんくださいませ。とら姉はおいででしょうか」

裏口に回って声をかけると、戸口を開けて顔を出したのは、とらの母——くまにとっては伯母にあたる登喜であった。

「あら、おくまちゃん。こんなに早くからなんて珍しい」

「いろいろ事情がありまして」

「ふふ、事情だなんて。さては久喜に叱られたのね。——その『事情』じゃ朝餉も食べてないのでしょう？　よかったら、何か食べていきなさいな」

「いただきます」

本当は母に叱られているのは石英とその仲間らであったのだが、くまは父親の名誉のために反論しないでおくことにした。

この伯母は、まるで春の日差しのように穏やかな女性だ。母久喜の姉とは思えない。——母からは『昔はお転婆(てんば)であった』と聞いているが、従姉のとらも将来このようになるのであろうか？　それとも武芸者の夫を持ったがゆえに、逆にしとやかになったのか？　くまは常々気になっていた。

優しさ、穏やかさを『母親らしさ』と呼ぶならば、伯母の登喜はその塊。

殊(こと)に、今年に入ってからはそうであった。

「伯母上、ややこの調子はいかがです。起き上がっても平気なので？」

「あらまあ、おくまちゃんてば優しい子。ええ、大丈夫よ。この子ったら元気がよくて、さっきもおなかの中でモゾモゾと動いていたの」

登喜は、身重であった。

もう八ヶ月。腹もずいぶん大きく膨らんでいる。——当たると評判の易者に見てもらったところ、男の子であるのだとか。くまはまじないの類(たぐい)は信じていないが周囲はさぞ喜んだであろう。

藤林家は武芸を生業とする一門。男児の出生はずっと待ち望まれていたはずだ。

「ときに、とら姉は？」

「まだ稽古の途中よ。今朝は長引いているみたいね。――さ、お食べなさい」

そう言って登喜の差し出したのは、鬼の拳を思わせる巨大な握り飯であった。稽古明けで腹を空かせた門人たちにはちょうどいい量であるのだろうが、小食の九歳児には多すぎる。――とはいえ身重の伯母がわざわざ出してくれたものを残せるはずもなく、必死に無理して平らげた。げえぷ、と行儀の悪い音が鳴る。

（易者によれば男の子、か……）

くまは伯母に礼を言うと、そのまま道場を見に向かった。

普通に出入り口から入ってもよかったが、『お前も試しにやってみろ』と誘われるのが嫌だったので、格子の窓からそっと覗く。

（とら姉は昨夜のことを気にしておいでだろうか？　黒頭巾の男に負けたと泣いていたから――）

本当は道場になど、従姉のことがなければ近寄りたくない。

建物内では年上の少年たちや大人たちが大勢、大声を出しながら竹刀だの木剣だのを振り回している。くまにとっては苦手な種類の空間であった。

そんな中に、とらはいた。

面をつけてはいるが背丈や華奢（きゃしゃ）な手足で少女なのだとすぐわかる。手は例の微塵錘を振り回していた。鉄製ではなく木と縄で作った稽古用だ。

一方、相手は竹刀（しない）を中段に構え、三間（約五・四メートル）ほどの間合いを保ち続ける。――剣術（やっとう）を知らぬくまにも察しはついた。とらは黒頭巾との一戦を再現しようとしていたのだ。

「いい⁉　自分から動いたら駄目だからね！」

「そうは言っても……」

敵役の竹刀剣士も普段から修練を積んでいるからこそ、目の前で武器をぐるぐる振り回されると勝手に足が踏み込んでしまう。――そして一歩踏み込むや、

「やあっ！」

とらの気合一閃（いっせん）、木製の模擬分銅（ふんどう）が面布団を被（かぶ）った脳天を打つ。

相手が「ううッ」と痛がりながら後ろに跳ぶと、少女は再び「やあッ」と黄色い気合。今度は武器を投げつける。

次の瞬間、紐（ひも）は敵の手足に巻きつき、動きを封じ込めていた。

実戦ならば、これで終わりだ。あとは脇差（わきざし）で突いて命を奪うもよし、そのまま捕らえるもよし。生殺与奪の権を得る。

「参った！　おとら坊、降参だ！」

大人の声だ。面で顔は見えないが、うんと年上の稽古相手であったらしい。

「参ったじゃないでしょ、師範代殿。動くなって言ったじゃないの」

「いやはや面目ない。だが、意外に難しくてな」

「もうっ。みんな、だらしないわよ」

とらは、ぷうっと頬を膨らます。『みんな』ということは他の者も相手にしたということか。だが、なかなか満足のいく稽古はできていないようだ。

（……とら姉、さすがだな）

くまは窓の格子ごしに見蕩(みと)れながらも同時に、

（あの武器、錘の重さや紐の長さはあれでいいのかな？　もっと効率よくできるんじゃや？）

という学者の子らしい思いも頭に浮かんでいた。複雑な計算式が、勝手にぶつぶつ口から漏れる。

「あら、表から念仏が聞こえると思ったらくまじゃないの。道場に来るなんて珍しい。どうしたのよ？」

どうしたのよ、と問われれば、その答えは『家に居づらかったので遊びに来た』でありﾞ、さらに言えば『従姉が昨夜泣いていたので様子を見に来た』でもあった。

だが、くまは知恵の回る子なので、いちいち本当のことを言ったりはしない。殊に後者は、従姉の誇りを傷つけよう。

なので――、

「とら姉にお伝えしたいことが二つあります」

この場を取り繕うための返事をすると決めた。どの道、話さねばならぬ用件だ。

「なあに？」

「一つは、祖父殿のことです。昨夜、飴細工売り殺しの一件から外されました」

「じいじ様が⁉　それ、本当の話？　真面で？　どうして、そんな……。それで、もう一つは？」

「その飴細工売り殺しの一件ですが――」

こちらは藤林家の屋敷に来る途中、仕入れたばかりの話であった。――棒手ふりの魚屋が、近所のご新造相手に噂話をしているのを横から聞いた。朝の魚屋の噂話というものは、真夏の鰯より足が早い。

その驚くべき内容とは……。

「今朝早く、下手人が捕まったそうです」

「は？」

突然のことに、とらは口をぽかんとさせていた。

＊＊＊

同じころ、沖田の屋敷。

老同心は昨日久々に夜まで働き、日が昇っても夢さえ見ずに眠っていたが——、

「旦那さま、起きてくださいまし。旦那さま」

ゆさゆさと夜着ごしに体を揺すられ目を覚ます。

老僕の娘、お咲であった。今朝も裾をまくりあげ、さらには洗濯でもしていたのか着物が濡れて肌に張り付いていた。

この年増娘、こちらが枯れた年寄りだからと、さすがに油断しすぎではなかろうか？　床で見るには目の毒だ。

「……なんだい、お咲さんかい。ゆうべ遅くて疲れているんだ。もう少し寝かしてく

れやしないかね？」

「いいから起きてくださいまし。御用事でございます」

――と、そのとき沖田は己の格好にふと気がついた。昨夜はたしか羽織を脱ぐどころか、腰に大小さらには十手を差したまま眠ってしまったはず。

なのに今、自分は寝巻き姿。

差料(さしりょう)はきちんと外し、着物も枕元に畳まれていた。

（……お咲が脱がして着替えさせてくれたのかな？）

だとすれば猛烈に照れ臭い。いらぬ世話をさせてしまったし、見苦しい裸を見せてしまった。

礼を言わねばとも思ったが――、

（いや、お咲でなく、自分で寝ぼけて着替えたか、もしかするとサンノジがやってくれたのかもしれん）

もしお咲の手によるものでないのに礼など言えば『やはり幽霊の仕業』と、この娘は悲鳴を上げるであろう。不義理であるが、沖田は黙っていることにした。

「それで、どうしたね？」

「はい。昨日の岡っ引きどんが来られてます。なんでも急ぎの話があるとかで」

そんなとき、表で待ちくたびれたのか、ちょうど岡っ引きの彦五郎が勝手に部屋まで上がってきた。

「沖田の旦那、ご無礼を。上がらせていただきました」

「いや、こちらこそ待たせて悪かったな。――それで、どうした？　儂が千吉殺しの件から外されたのを知らぬのか？」

「伺いました。夜のうちに番屋に通達があったそうで」

夜のうちとはずいぶん仕事の早いことだ。

「なので加藤様の屋敷や奉行所に使いを出したのですが、何やら朝からごたついているようで、どなたにも来ていただけず……」

そういえば昨夜も加藤殿はお奉行の役宅に残って、何か話をすると言っていた。窓際の沖田は聞いておらぬが、飴売り殺し以外にも大きな事件が起きているらしい。

「それで番屋のやつらが困り果てておりまして、やはり飴屋辻のことなのだから、沖田の旦那に来ていただこうということになったのです」

「……？　何があったのだ？　勿体ぶらずに申してみよ」

やたら気になる言い回しをする。

どうやら只事ではないらしいと、沖田は思わず身構えるが――、

「千吉殺しの下手人が自首してきました。朝一番で、飴屋辻の自身番屋に」

なるほど勿体ぶるだけのことはあった。

＊＊＊

この一件に関しては御役御免の身であったが、かといって下手人をほったらかしにするわけにもいかぬ。彦五郎の言うように番屋の者たちが困るであろう。老同心と新米岡っ引きが飴屋辻の自身番屋に着いたのは、それから四半刻（約三十分）後のことになる。

番太たちが興奮と狼狽で息を荒くしながら教えてくれた。

「こやつです、沖田様！　こやつが飴売り殺しの下手人です！」

番屋の板の間で一人ぽつんと座っていたのは、なんと――、

「なんと、下手人も女であったか！」

町人の娘だ。歳のころは十七、八。

身なりはみすぼらしく、器量よしとは言えないが、真面目で純朴そうな顔をしていた。手の荒れ方や指のたこから職人仕事をしているのが見て取れる。

だが、その頬は痩せこけ、目は濁り、まるで病か呪いにでもかかったようだ。

「人形町の飴細工師、市蔵の娘、ゑいでございます。このたびはとんだことをしでかしまして……」

娘は深々と頭を下げ、沖田に身の上を語りだす。

唯一の身内である父親は〝七宝の市蔵〟の異名を取る飴細工の名人であったが、何年か前から体を壊し、今ではゑいが代わって職人をしているという。――といっても女人が飴売りをするのはご法度なため、父の名前で看板用の飴をこさえ、死んだ千吉のような不器用な飴売りを相手に卸し商売をやっているのだとか。

「では、ちどりの千吉は商売の客というわけか」

「いえ、同心の旦那様、ただの商売相手ではございません。将来、一緒になろうと誓った仲でありました。ですから千吉が『銭がない』と言えばそのたびに渡してやり、看板飴もただで作ってやっていたのです。――しかし、からだの仲は一度たりとも」

「……む、そうか」

「あの夜、あたくしと千吉は諍いを起こした末に揉み合いとなり、その際、あいつの着物の前がはだけたのですが、なんと……」

「千吉は女であったのだな」

「はい」

沖田や彦五郎も見た、あの乳房を目にしたのだ。

「あたくしは魂消て……。だって夫婦になると約束した相手が、実は女であったなんて。——そしたら、あいつは笑いやがるのです」

「なんと笑った？」

「『俺が女と見抜けなかったのは、おめえがおぼこだからさ。もっと男を知ってりゃ騙されなんかしなかったろうに』って……。あたくし、悔しくって。それでつい、かっとなり——」

「包丁で刺したのか」

「ええ、その通り。ぶっ殺してやったのでございます」

この娘、だんだんと言葉遣いが荒くなっていく。最初は良家の子女もかくやというほど丁寧な話しぶりであったというのに。

どうやら千吉のことを思い出し、気が昂ってきたということらしい。青く痩せ細った顔も紅潮していた。

（憐れなものだな。この娘も騙されていたというわけか）

千吉は銭をたかり、飴代を踏み倒すために、色恋を用いていたのだ。――無論、命を奪うのは許されぬことだが、殺される側にも非があろう。

横で彦五郎が鼻をグスンと鳴らしていた。この男、女相手には情に脆い。

「なるほど事情はわかった。ときにゑいよ、千吉の店の飴玉太夫は貴様が作ったものなのか？」

「分銀がけの花魁でございますね。はい、いかにも……」

「だが、あの青い色は、よほど上等の道具や染料がなければ出せぬと聞いた。どこで、それらを手に入れた？　前々から持っていたのか？」

「いいえ、千吉から譲り受けたのです。空き家から盗んだそうで」

「盗んだと⁉」

「ええ。千吉のやつ、やくざ者の女に目をつけられたとかで日本橋にいられなくなり、身を隠すことになったのですが――その際、勝手に住み着いたおんぼろ空き家で飴細工の道具一式を見つけ、猫糞してきたそうでございます」

それが千吉の死ぬ二日前のこと。

そのころ、ゑいはちょうど道具を新調するか迷っていたが、ここぞとばかりに千吉は一両で盗品を売りつけたという。

「図々しいものだな。空き家から勝手に持ってきたものを一両とは」

「ですが、ものは良かったので……。あの道具で最初に作った花魁などは自分でも驚くほどの出来栄えでした。特に色。あんな青色、初めてでございます」

ゑいはその日のうちに花魁と助六、鳳凰（ほうおう）の三つを作り、千吉に渡したという。沖田も店に飾ってあるのを見た、あの看板飴だ。

「しかし上手くいかないもので、あとはいくら作っても、あの青色は出なくなったのです。おまけに、なぜか体の具合が悪くなり……」

頭と腹と手足の関節が痛くなり、何を食べても吐いてしまうようになったという。やつれているのはそのためであった。

これは、天罰かもしれぬ。盗んだ道具など使うから。――ゑいは思い悩み、『一緒に番屋へ行って猫糞の件を謝ろう』と千吉を説得しようとして諍いになった挙句、ついには殺してしまったのだ。

「昨夜、おとっつあんも死んでしまいました。もう未練はございません」

「そうか……」

ゑいは体の具合が悪くなり、父親は死んだ。――その原因について、沖田は目星がついていた。

毒だ。青酸を始めとする毒物が、空き家で拾った道具に付着していたに違いない。

知らぬ間に吸ったり舐めたり、飴を試食したりもしたのであろう。

だが、わざわざ本人に真相を告げる気はない。天の祟りであればともかく、自分が使った道具のせいで唯一の身内を亡くしたとなれば、さすがに気の毒が過ぎるというものだ。

横で、また彦五郎が鼻をグスンとさせていた。鬱陶しい。

沖田は自分の鼻が鳴らぬよう注意しながら、もういくつか気になる点を訊ねる。

「ときに、分銀がけの飴玉太夫についてだが……」

「ええ、いかにも、それでしたら……」

ゑいの証言を捕物帳（調書）に書き込んでいた、まさにそのとき――。

「――貴様、誰の許しあって本件を調べておるのだ！」

ばんっ、と戸が乱暴に開け放たれた。

何者かが、自身番屋に怒鳴り込んできたのだ。

見れば、そこには腰に十手の黒羽織が二人。——話したことはないが見知った顔だ。沖田と同じく南町奉行所の者。ただし同心ではない。

彼らは与力。

それも、奉行直属の内与力だ。同心よりも遥かに立場が上の役人であり、奉行本人ほどではないものの沖田にとっては雲の上の存在となる。

彼らが自ら現場に出張ることなど普通はない。

（やはり、この一件は普通でないということか……）

怯む沖田を、与力二人は問い詰める。

「沖田よ、何ゆえここにおる？　貴様、本件から外されたのを忘れたのか？　まさか、そこまで耄碌しておると？」

「は、いえ。受け持ちの同心が見つからず、仕方なく拙者が出張った次第で……」

「勝手なことをするでない！」

与力たちは声を荒らげ、老同心の手からまだ墨の乾いていない捕物帳をひったくる。

この振る舞い、さすがに上役とはいえ武士同士で礼を失したものであろう。まして与力たちの方が年下だ。番屋内に緊張が走った。たとえば赤穂浪士の時代なら、斬り合いになっても文句は言えぬ。

だが沖田はうんと肩をすぼめて小さくなり、頭も腰も低くしながら、

「イヤハヤ、申し訳ないことをいたしました。このような過ち、二度とはいたしませぬのでご容赦を」

と、まるで自分が千吉殺しの下手人ででもあるかのごとく頭を下げた。

あまりにしょぼくれた態度であったためか、与力二人も気勢を殺(そ)がれ、それ以上怒鳴るのはやめた。

「ふん……。まあ、よい。以後は気をつけるのだぞ。あとは我らに任せよ。——そこの番太ども、下手人に縄を打ち、奉行所へ連れて行くのだ」

縄を打つとは惨(むご)いことを。自首してきた者は縛らず連行するのが慣例というのに。どうせ今さらゐいは逃げたりしまい。

命じられた彦五郎や自身番らはこの娘に同情していたため、縄を巻く手はどこか遠慮がちになっていた。

だが、そんな事情など気にもとめず、与力たちは下手人を睨(にら)みつける。

「ゐいとやら、先にこれだけ訊いておこう。——飴の花魁はどこにある？」

「花魁、でございますか……？　いいえ、あたくしは知りません。そこの同心の旦那に申し上げた通りでございます」

娘の目は嘘を吐いていないようであったが、与力二人は信じない。

「正直に申すがよい。さもなくば責めは厳しくなるぞ」

つまりは、拷問すると言っていた。

＊＊＊

内与力の二人から「貴様は屋敷にでも戻っておれ」と申し付けられたため、沖田は大人しく帰ることにした。

お前のような老いぼれがウロウロしていては邪魔なのだ、とも言われた。――それ自体は事実であろうが、同時にやはり『この件に関わる者を少しでも減らしたい』という理由もあったのかもしれない。

屋敷に戻ると、お咲が玄関先を掃除していた。

「あら旦那さま、意外とお早いお帰りでしたのね」

「うむ、まあな」

珍しく、裾がちゃんと下ろしてある。安心した。この娘に関しては、普通の姿の方がハラハラせずに済んで助かる。

「お咲さんや、こんな半端な時間になんだが、食べるものはないかね？　朝から出かけて、すっかり飯を食いそびれてしまった」

「はい。朝餉用に焼いた干し鯵（あじ）でよろしいですか？」

「うむ。それと悪いが、もう一品、おかずに足してはくれんかね」

「あら、珍しい。ずいぶん食欲があるんですのね。佃煮（つくだに）でよろしいですか？」

「いや、少々手間をかけさせるのだが……。梅干しをな、梅干しの種を割って、中身を出してはくれぬだろうか」

「あら、まあ……。本当に珍しい。旦那さままでも、そんなものをお食べになるんですのね」

「おかしいかね？」

「ええ、おかしいです。梅干しの種なんて、若くて貧乏な男が食べるものですから」

　おかしい、と言いつつも、お咲の顔は笑っていない。――妙ちきりんすぎて笑えぬということのようだ。そこまで恥ずかしいこととは思ってなかった。

「お体に障りますよ。あれは五臓によくないと言いますし」

「そうかもしれんが、たまに食べたくなるものなのだ。――それともう一つ悪いが、握り飯をいくつかこさえておくれ。なるべく大きいのをな」

「……？　はい、わかりました」

梅干しの種ほどおかしな頼みでなかったからか、握り飯については何も訊き返してこなかった。

居間に膳を運んでもらって沖田は飯を食う。――最初に例の、梅干しの種の中身を箸でつまんだ。

鼻を近づけると梅干しの酸っぱい匂いに混じって、わずかに異なる香りがした。

今まで種の中身に臭いがあるなど考えたことさえなかったが、嗅(か)いでみるとたしかに独特な臭気がある。

（……なるほど、あの毒飴と似た臭いだ）

学者たちの作った不恰好な飴玉太夫も同じ香りをさせていたし、ゑいからもかすかに似た臭いがした気がする。

これが青酸(しあん)の臭いだ。石英殿から教わった。

（不思議なものだな。赤い梅干しと青い毒が同じ臭いをさせているとは）

味は、前から知っている味だ。――お咲は馬鹿にするかもしれぬが、若いころはよく食べた。

「旦那さま、握り飯ができました」

「うむ、ありがとう。皿に載せて、そのへんに置いておいてくれ」

大ぶりの塩にぎりが三つ。脇にはあさりの佃煮と菜っ葉の漬物が添えてあった。

朝餉を食い終えると沖田は、お咲の握り飯を手にして出かける。

——外でなく、屋敷の奥へだ。


沖田は埃で足袋を汚しながら廊下を進み、居候部屋の襖を開けた。

「サンノジ、おるか？」

「へい」

押入れの中から太った大男が現れる。

なぜか頭には蜘蛛の巣がついていた。

「昨夜は飯をやらずに悪かった。飯を持ってきてやったぞ」

「ありがてえ。お咲さんの握り飯ですな」

「……？　居間の話が聞こえていたのか？」

「いえ、天井裏におりやしたので」

なるほど、だから蜘蛛の巣か。

さすがの身の軽さだ。まさか、こんなうすらでかいのが頭の上に潜んでいたとは。

「ずっと盗み聞きしておったのか」

「へえ。朝方、若え岡っ引きが旦那を呼びに来たのも聞いておりやした。——旦那が一件から外されたことも、下手人が自首したことも知っておりやす」

サンノジは握り飯を頬張りながら話を続ける。

「それで、あのあとどうなりやしたか？　千吉を殺したのは、いったいどんな野郎だったんで？」

この男、自分が罪をひっかぶりそうになったこともあってか真犯人に興味津々。口の周りを米粒だらけにしながら身を乗り出して訊ねてきた。しかし——、

「うむ、それなのだが……」

下手人ゑいの憐れな身の上について——さらには毒入りの飴玉太夫についてと、その行方（ゆくえ）が知れないことについてを語ると、サンノジは頭を大きくうなだれて巨体をぶるぶる震わせた。

（こやつも、ゑいに同情しておるのか？　彦五郎といい、儂の周りは女に甘いやつらばかりだ）

鬱陶しいが、一方で嬉（うれ）しくないわけでもない。

同心をしていると人間が悪党ばかりに思えてくるが、世の中にはまだまだ優しい男

も多いらしい。世の中捨てたものではなかった。

肩を震わせるサンノジを見て、沖田はそのように思っていたのだが……。

「さてサンノジよ、もうここに隠れている必要はないぞ。何せ下手人が捕まったのだからな。今さら疑われることもない。大手を振って表に出よ」

「へい……」

どうやら、事情はそう簡単ではないらしい。

サンノジは喜ぶどころか、いっそう深く俯くと、脂汗をダラダラ床に垂らす。

「――? どうした、浮かない顔をして。外に出られて嬉しくないのか?」

「い……いや、嬉しいでやす。身を潜めてるのも窮屈ですし、店もほっぽらかしてて心配なんで。けど――」

「けど、なんだ?」

「いえ……」

なぜだか妙に歯切れが悪い。

(こやつ、何か隠しておるな?)

――いや、隠しごと自体は薄々ながら気がついていた。以前から、ずっとソワソワ何かを気にしていた。

だが、今回のこの反応。さすがに無視するわけにもいくまい。

「貴様、儂に黙っていることがあろう？　匿（かくま）ってやったことを恩に着るというなら全て正直に話してみよ」

「へ、へい……」

もとから嘘や隠しごとの下手な男だ。問い詰めると巨漢はすぐに観念し、不細工な顔を上げ――、

「あの……千吉の飴が毒というのは本当でやしょうか？」

と、逆に訊き返す。

「本当だとも。聞いての通りだ」

「じゃ……じゃあ、下手人の娘が拷問（せめ）を受けるってのも――」

「ああ。やはり本当だ」

何ゆえ、奉行直属の内与力たちがそこまで飴玉太夫に固執するのか疑問であったが、行方を探ること自体は賛成だ。

なにせ猛毒。しかも飴。急がねば誰かが口に入れてしまうかもしれぬ。もし罪も無い子供が食して死にでもすれば、いくら悔いても悔い切れない。

ゑいが知っているとは思えぬが、他に手がかりがない以上は手荒くするのもやむを

得まい。

「まあ、ゐいは憐れであるが、それでも千吉殺しの咎人(とがにん)なのだ。貴様が気に病むことはないぞ」

「いえ……」

サンノジは再び顔を伏せ、そのまま額を床に擦り付ける。

「申し訳ございやせん！」

「……何を謝る？」

床で水音が鳴り続ける。今度は脂汗でなく涙であった。頭を深々と下げながら、子供のように泣きじゃくっていたのだ。

「オイ、泣いていてはわからぬではないか。貴様、どうした。いったい何を謝っておる？　何を隠しておるというのだ？」

「へい、旦那がたがお探しの飴玉太夫でございやすが……」

「うむ」

サンノジの分厚い唇が語る、意外な真実――。

「あっしが、ここに持っておりやす」

予想外の返答に、沖田は言葉を失った。

「あの夜、酔って文句の一つでも言ってやろうと千吉のところに押しかけたのでやすが、あいにくと留守で――酒の勢いと腹いせで、つい忍び込んで盗んじまったんでさ。どうか、あっしをお縄にしてくだせえ」

「昔の悪い癖が出たということか」

さすがに呆れる他なかった。

サンノジこと飴切りの三治は、かつて盗賊の一味であった。

手先が器用で身が軽く、気が弱くてうかつ者。なのに、ときたま妙な小智恵を発揮する。――これほどまでに悪党の子分に向いている男は他におるまい。

おかげで盗賊の親分に目をつけられ、半ば無理やり錠前破りや小道具作りといった便利仕事をさせられていた。

だが、ある日盗みに入った際に屋根から落ちて背中を打ち、以来、やたらブクブク太るようになったのだという。背骨を傷めると稀にそういうことがある。

おかげで姿が悪目立ちするようになり、一味からも追い出され、その後いろいろあって沖田の手の者となったのだ。

器用で身軽で、おまけに盗賊の顔や手口をよく知るこの手下に、沖田は幾度となく助けられてきたのだが……。

「とにかく、飴玉太夫をここに出せ」

「へえ、それが……」

おずおずと懐から油紙の包みを取り出し、震える手で床に置いてそっと開く。

中から出てきた飴玉太夫は――、

「なんだ、割れておるではないか」

「へい。なので今まで言い出せず……」

壊れていた。

地面に落としたのか、それとも懐の中で割れたのか。一分銀が埋め込まれている胴のあたりから真っ二つになり、銀の小粒が露出していた。

(――あの麗しい飴と、このような姿で再会するとはな)

無残なものだ、と沖田は思う。

自分だけでなく学者や与力衆まで、皆で気にかけていた飴花魁が――。まるで本当に贔屓の遊女が死んだような、そんな寂寥感すら覚えてしまった。

「サンノジよ、どういうことであるのだ？」

「いえ、壊すつもりはなかったんでやす。そもそも、ほんの悪戯でやして。盗みっぱなしにするつもりもありやせんでした……」

「悪戯？」

「ええ、朝になって千吉が慌てているところを笑ってやったら、すぐ返してやろうと思ってたんで。——けど壊しちまって困っていたら、あの野郎……いや、あのアマでしたか、とにかく朝には殺されてるじゃありやせんか。あっしは、もうどうしていいのやら」

「ええい、本当に呆れ果てたやつめ。どうしていいやらは儂の台詞よ。だが——」

（やはり割れておったか。石英殿の申した通りだ）

沖田は、安倍石英から聞いた話を思い出す。

『——これはｈｙｐｏｔｈｅｓｅ……つまり仮説に過ぎぬのですが、ぼくが思うに……もしかすると、毒は飴でなく〝中身〟に入っているのかもしれませんな』

〝中身〟というのは、飴に埋め込まれている一分銀。

そこから毒は染み出ているのかもしれぬというのだ。

『——だとすれば染み出た毒のせいで飴は脆くなり、花魁の胴のあたりは壊れやすくなっているでしょう。他にも特徴はありまして……』

沖田は飴玉太夫を手に取り、割れた断面を覗き込む。

一分銀は半分表に飛び出していたが、無理に抉り出そうとした痕跡はない。サンノジに猫糞する気はなかったということだ。この点だけは感心できる。

ちなみに、この一分銀は千吉が道具と一緒に空き家で拾ってきたものだ。ゑいが番屋で言っていた。薬箱からコロコロと音がするので調べてみたら見つけたという。

飴の断面に目をやると――銀の周囲がジンワリ青く染まっていた。

(……これが青みのかかった白粉肌の秘密か)

表面は白いまま、一分銀を中心に内側から青く変色していたのだ。普通に染料を混ぜただけでは決して再現できぬ色合いであろう。だからこそその見事な青色。沖田はついに秘密を知った。

そして、石英の仮説が正しいことも。

『――青い色が滲み出ているのでなく、一分銀に飴を青くするｃｏｍｐｏｎｅｎｔが含まれているのです』

『――普通はこのような現象は起きません。他の店の分銀がけの飴は、こんな色にはならぬでしょう?』

『――寅くんの拾ってきた助六の飴に一分銀は入ってませんが、同じ道具を使ったために成分が混じったと思われます。本当は空き家の道具は飴用でなく、薬や金属を扱うためのものであるのかと』

あのとき、石英は学者らしい早口でさんざんまくしたてていたが、業を煮やした沖田が『結局どういうことなのだ』と問い返し、やっと仮説の結論を聞くことができた。

娘婿は、言っていた。

『――そうであれば、中の一分銀は贋金(にせがね)です』

贋金作りは天下の大罪。

お奉行や与力の態度に、やっと沖田は合点(がてん)がいった。

＊＊＊

同じころ、飴屋辻。

とらとくまは町をぶらぶらしていたが――、

「あっ、彦五郎だ」

「げっ、小鳥！」

偶然、見知った顔に出遭った。

「お前、いいところで会ったわ。千吉殺しの下手人が自首してきたって本当？　詳しく話を聞かせてよ」

「そ、それは……。ええ、いいでしょう」

柔術で負け知らずの岡っ引きは、十二と九つの子らに知っている全ての情報を語る。

これは単にとらが怖いというだけでなく、下手人のゐいに同情していたからでもあろう。自分の胸だけに納めておけず、誰かに語りたかったに違いない。

「……というわけです。あっしから聞いたと沖田の旦那に言わないでくださいよ？」

「わかったわよ。そのゐいって人、かわいそうに。——けど、じいじ様も事件(やま)から外された上に、与力に意地悪されてかわいそう」

おまけに下手人は捕まっても、まだ真相は謎のままという。

つまりは、まだまだとらたちの活躍する余地が残されているということだ。

「じいじ様のためにも、ぜったい秘密を突き止めなきゃ」

「しかし、とら姉、祖父殿はこの一件から外されているのですよ」

「馬鹿ね、くま。だから、じいじ様にも他の大人たちにも内緒にして、あちしたちだけで全部やるのよ」

くまは馬鹿と言われて顔を一瞬むすりとさせたが、『大人たちに内緒で何かをする』という子供らしい楽しみに魅せられて目を輝かす。

「とら姉、いったい何をする気なのです?」

「いいことよ。すっごくいいこと思いついたの。あちしたち、きっとみんなに褒められるわ」

横で聞いていた彦五郎は、もしや『あちしたち』に自分も入っているのでは、と不安で顔を曇らせていた。

陸「少女道化」

昼下がりの飴屋辻――。

(まったく、なんでぼくがこんなことを……)

くまは真横で踊る従姉を、気づかれぬよう一瞬だけキッと睨んだ。

「――さぁさ子供衆、買うたり買うたり。あめの花魁じゃ、あめェ花魁じゃ」

飴売りたちの派手な衣装は、阿蘭陀の道化を由来とする。

このような格好で飴の売をする者たちを『唐人飴売り』と呼ぶ。もとは赤や黄色のかつらで西洋人の仮装をし、でたらめな外国語で歌ったり踊ったりをする大道芸であったという。

ただ、意外に難しい芸であるため、本来のやり方で商売する者を最近はあまり見かけない。――やはり流行り廃りというものか。とらは何年か前に一度下谷広小路で見たっきり。くまなどは一度も見たことがなかった。

なのに、道端の露店にて――、

「さぁさ子供衆、買うたり買うたり。あめの花魁じゃ、あめェ花魁じゃ」

「♪ろんどんぶりっ　いずふぉーりんだん　ふぉーりんだん　ふぉーりんだん」

とらとくまは、もともとの方の唐人飴売りをやっていた。

口上と踊りは、とらの受け持ち。

歌の方は、くまが受け持つ。

といってもでたらめなものだ。歌は、くまの父が酔っ払った際に口ずさんでいた英吉利の歌をうろおぼえで真似しているだけ。とらも曲調に合わせて蛸のようにくねくね動いていただけに過ぎない。

衣装はさらに適当で、飴売りの源兵衛親方のところへ押しかけて、衣装部屋からとにかく派手な服を借りてきた。――親方と面識はなかったが、岡っ引きの彦五郎を無理やり同行させたおかげで、いぶかしまれながらも道具一式と共に貸してもらえた。

ばてれん襟のついた更紗(さらさ)の着物に、真っ赤な洋合羽(マント)、頭には大きな鳥毛のついたつばの広い唐人帽子。腰から下は、西洋袴(ズボン)と長靴(ブーツ)に見立てた赤い袴に黒脚絆(くろきゃはん)。帽子の下は、とらが赤毛、くまが黄色毛のかつらをかぶり、顔は白粉べったりにして鼻の頭だけ赤く塗る。——ありあわせの衣装であったが、異国に詳しいくまが見立てをしたおかげで西洋の道化を上手く再現できていた。

「はいはい買うたり、子供衆買うたり。甘ぇ菓子だよ、甘ぇ菓子だよ」

「♪ろんどんぶりっ　いず　ふぉーりんだん　ふぉーりんだん　ふぉーりんだん　ろんどんぶりっ　いず　ふぉーりんだん　まいへやれでー」

珍妙な格好に、珍妙な歌踊り。道行く人々は皆、二人の前で足を止める。

「……とら姉、ぼく恥ずかしいです」

「しっ。いいから歌いなさいな」

くまは化粧ごしにもわかるほど顔を真っ赤にさせていた。当然だ。この子は賢いだけでなく、多感で繊細な子でもあるのだ。——いや、そもそも、そこらの普通の子供であろうと照れて嫌がるもののはず。

しかし、隣のとらはどこ吹く風。人から好奇の目で見られるのを、むしろ楽しんですらいるようであった。

「いいこと、くま。もっと堂々となさい。あちしたちが目立ってるのはね、あちしたちが愛らしいからよ」

「そうでしょうか……？」

「ええ、当たり前でしょう。じいじ様がいつも言っているじゃない。——お前たちは天下で一番可愛い、って」

「それは、祖父殿はそう言うでしょう」

さすがに祖父の言葉を鵜呑みにしすぎというものであろう。沖田柄十郎に限らず、世の老人というものは皆、自分の孫を天下一可愛いと思っているものだ。

くまはあきれたが、とらの言うことも一理はある。

二人の姿は無論、滑稽なものではあったが、人々が足を止めたのは笑いものにするためなどでは決してなかった。

「——ほほう、こんな小さな子たちが飴売りなんて」

「——素敵じゃないの。歌も面白いし、見ていきましょう」

「——唐人飴売りを見るのも久々だが、むさい男でなく小さな子供がすると全然違って見えるのだな。うるわしい」

皆、口々に褒めそやす。

衆目を集めていたのは、二人の愛嬌(あいきょう)であったのだ。

「ほら、ごらんなさい。ただでさえ見目麗(みめうるわ)しいあちしたちが、こんな素っ頓狂(すっとんきょう)な衣装で歌ってるのよ。可愛さ百倍に決まってるじゃないの」

「ご自分で、見目麗しいなどと言うものではありません」

そのうちに品を買おうという者も現れる。――最初の客は、祖父と似た歳の行商人であった。

「お嬢ちゃんたち、飴を売ってくれるかね」

「ううん。うちのお店、飴はやってないの。さすがに作るのが難しいから」

「じゃあ何があるんだい？」

「かすていらが一個十六文。一応、飴も看板用の飴細工があるけど売れないわ。あっちは、ただの飾りだから」

「おやおや、こんな屋台でかすていらとは珍しい」

老行商人は、かすていらをひとつ買い、その場でぱくりと口にする。

「うむ、まあ悪くない」

「そうでしょう。こっちの小さい唐人(こ)が作ったのよ」

いわば、くま式かすていら。従姉に卵を泡立つまで混ぜさせた上でうどん粉と砂糖、水飴を混ぜ、鉄板の上で薄焼きにし、くるりと巻いたものを客に出す。――どちらかといえば西洋のｃｒｅｐｅ(クレープ)やｇａｌｅｔｔｅ(ガレット)といった食べ物に近く、これをかすていらと言い張るには異論があろうが、ともあれ『まあ悪くない』という程度の味にはなっていた。

くまは昨夜、父たちの青飴作りの実験を手伝わせてもらえなかったので退屈しのぎに練習をし、この方式を考案したのだ。――もともと学者たちはかすていら作りのために集まっていたので材料は山ほど余っていた。

「お嬢ちゃん、まあまあの味だったよ。しかし悪いが、看板の飴は不細工だね。花魁というが、まるで太った大男が女装しているようじゃないか」

「でも、いい色でしょう？　こんな青色の飴、よそで見たことある？　空き家で拾った道具で作ったら、こんな色を出せたのよ」

この飴花魁は昨夜くまの父たちが作ったものだ。

気がつけば、そこいら中で近所の子供らがヒソヒソと噂話をしていた。

「――あそこの唐人飴売りの看板飴、拾った道具で作ったらしいよ」

「――どこかの空き家で拾ったんだってさ。だから、あんな色になるんだと」

「――よほど道具が特別なものだったんだろうね。不思議なもんだ」

噂をたまたま聞いた通行人がわざわざ看板飴を見に来るようになり、いつしか露店のまわりは人だかり。

とらの口上とくまの歌は、くまの喉が嗄れるまで飴屋辻に響き渡った。

「さぁさ子供衆、買うたり買うたり」

「♪ろんどんぶりっ　いずふぉーりんだん　ふぉーりんだん　ふぉーりんだん」

ちなみに噂話をする子供たちは全員、仕込みのさくらであった。

＊＊＊

同じ頃、南町奉行所――。

沖田は、またも奉行に呼びつけられた。

（ここがお奉行の部屋か。まさか連日呼び出されるとは）

昨夜は役宅であったが、今回は奉行所の執務部屋である。——沖田は序列十三席の下っ端同心。お奉行の姿を見かけるくらいは稀にあれど、声をかけて貰えることなど一昨日までは一度もなかったというのに。

（しかし、まあ——なんと風変わりな部屋であろうな……）

異常な空間であった。

畳敷きの十畳間に、文机と座布団だけの簡素な席がただ一つあり、その左右には——なぜか、大量の文箱が積まれていたのだ。

両側合わせて、ざっと百は下らぬ数だ。

「しばし待っておれ。順番だ。先に片付ける用務がある」

奉行である鳥居甲斐守は、右側の文箱のうち一番上のものを取って蓋を開ける。中には書状の束が入っており、奉行は目を通すと再び文箱に仕舞い、今度は左側へと積んだ。

どうやら、こうやって箱で仕事を整理しているらしい。場所は食うがそれなりに理に適っていた。右が未処理、左が処理済みということか。

奉行はそのまま三つほど文箱を片付け、次に上から四つ目の蓋を開ける。

中身は、今朝方与力に取り上げられた沖田の捕物帳であった。

「ウム、順番だ。――沖田よ、待たせたの」

「いえ……」

甲斐守の眼光は剃刀（かみそり）のように冷たく鋭い。昼間に見ると改めてぞくりとさせられる。

沖田は『行方知れずだった飴玉太夫を見つけた』と奉行所に報せたところ、こうして呼びつけられたのだ。奉行の目からして、褒められるということはありえまい。

「お主、一晩寝たら忘れたか？　本件は儂に預けよ、と申したぞ」

「は。しかと憶えておりまする。――しかし、見つけてしまった以上は報せぬわけにもいかず、差し出がましいと知りながら……」

ほら、やはりだ。お叱りを受けた。こうなるのは想像がついていた。

本当は、無視して報告しないという手もあった。――とはいえ、もし知っていて黙っていたとわかれば余計に厄介なことになったであったろうし、それ以上にゑいのことがある。

飴玉太夫が見つからぬ限り、ゑいは拷問（せめ）を受け続けねばならぬのだから。

（……きっと、どうやって見つけたか問われるのであろうな）

果たして、どう答えるべきであろう？　岡っ引き(サンノジ)の盗みを正直に打ち明けるか？　あるいは、拾ったとでも誤魔化(ごまか)すべきか？

——しかし奉行が実際に訊ねたのは、まったく別の事柄であった。

「して、断面は見たか？」

意外な問いだ。

「はて、断面でございますか？　見ましたが、それが何か……」

「フム。お主、全て知っておるな？　しらを切らずともよい。今の顔色で確信した。——儂はな、嘘を見抜く名人なのだ。千代田(ちよだ)のお城で散々揉まれ、人の顔色を窺(うかが)うのを得意としておる」

「これは、畏(おそ)れ入りましてござります……」

怖い男だ。役人としての格や技量が、沖田をはるかに凌駕(りょうが)している。このような相手には取り繕いの嘘偽りなど通用しまい。

奉行は次の文箱を開ける。中に入っていたのは、届けられたばかりの割れた飴玉太夫であった。青く滲んだ断面には、まだ例の一分銀が嵌ったままだ。

「お主も気づいておる通りよ。いかにも、この一分銀は贋金である」

「なんと！　やはり……」

「儂は与力どもに命じ、密かに贋金作りの件を探っておった」

合点がいった。ここしばらく奉行所内で一部の者だけ慌ただしかったのは、贋一分銀のためであったのだ。

「飴の断面が、青くなっているのは贋金のためだ。水増し用の金属や、鋳造に用いる薬のせいで、このように色を変える。——昨夜、お主の報告で『分銀がけの飴に青酸が入っている』と聞いたとき、中身が贋金とすぐに気づいた」

「これはまた、お詳しい」

まさか娘婿の石英と同じ言葉が、奉行の口から出てくるとは。

「作るのにそれらを使うと蘭学者どもが言っておったからな」

「蘭学者、でございますか？」

「そうとも。貴様の娘婿らとは別の一派の学者どもに、密かにｏｎｄｅｒｚｏｅｋさせておったのだ。見よ」

もう一つ下の文箱を開けると、中からは蘭語交じりで書かれた手紙。件の学者一派からのものであろう。

これまた意外。ここにも学者と親しい人物がいたとは。しかも阿蘭陀言葉が移っているところを見るに、かなり密に連絡を取り合っているようであった。

（異国嫌いの蘭学者嫌いと聞いておったが……。さては、使える物は全て使うという性分なのか）

だとすれば、なお怖ろしい。

以前、酒の席でこの奉行について『千代田の役人世界に棲まう妖怪』という人物評を聞いたことがある。まさしくそれだ、と沖田は感じた。

「この贋金、儂は〝人喰い銀〟と呼んでおる」

「物騒な名ですな」

「なに、下手人の名前よ。人喰い半佐と呼ばれる男の一味が作っておるのだ」

「下手人までわかっておられるとは……!! しかも、あの半佐でございますか⁉」

人喰い半佐といえば、かつて江戸中を震え上がらせた盗賊の頭領だ。

十年以上も昔になる。一味の人数は十名程度ではあるが、女子供でも平気で殺す残忍ぶりで知られており、奪った命は二十や三十程度で済まぬ。頭も切れ、富札偽造や手形詐欺といった知恵を要する悪事にも手を出していた。

その冷酷さ、その手際のよさ、さらに仕事の際には常に黒装束の黒頭巾であったため、『忍びの者なのでは』と噂されたこともある。――無論、忍びなど今や講釈の中だけの存在だ。現存しない。とらの父である藤林道順のところにも当時わざわざ確認しに行った。

そんな、泣く子も黙ると恐れられた半佐であったが、当時まだ新米であった雷公同心加藤の手柄によって手下の半分以上がお縄となり、本人はそのまま江戸から姿をくらましていた。

「あやつ、戻ってきておったとは……」

「逃げた先の上方(かみがた)で贋金作りの一味と知り合い、相手の親分を殺して職人や道具を奪った挙句、江戸に帰ってきたとのことだ。道中、さらに冶金や細工の職人を集め、今では以前より大きな一党になっていると聞いておる」

「さすがはお奉行、何もかもご存知なのですな。――しかし、わからぬことがございます」

「言ってみよ」

「そこまで知っていながら、何ゆえ人喰い銀の件、奉行所全てを挙げて取り組まぬのです？　贋金作りは天下の大罪。まして、あの凶悪な人喰い半佐。一刻も早く捕らえるべきでございましょう」

なのに、なぜ皆に黙って、わずかな手勢のみで捕り物をしているのか？

「人喰い一味を逃したくないから、慎重にことを進めておるのだ。——なかなか勘の利く一味でな。先日も奉行所が動いていると知るや、隠れ家を捨てて逃げおった」

「隠れ家を？」

「うむ。儂らが気づいたときには、とっくに蛻の殻となっていて、しかも空き巣に漁られておった」

つまり、その空き巣とは死んだ男装飴売り、ちどりの千吉。捨てられた隠れ家は、千吉が潜り込んだ空き家のことであった。

「それとな、理由はもう一つ——」

奉行は、ジッ、と沖田の顔を見据える。

ただでさえ鋭い眼光が、本物の刃物になったかのよう。まさしく凶眼。皺の寄った老同心の額に、自然と汗の玉が浮き出た。

目の前の男が真実を語るに足る相手かを、その瞳にて試していたのだ。

そして、どうやら合格であったのか、うんと声を潜めて囁く——。

「国家の大計よ。といっても儂が一人で進めておる」

「大計？　贋金がでございますか？」

「そうだ。学者と交流があるなら聞いたことくらいはあろう。近年、異国の船が多数、日の本近海に出没しておる。特に英吉利。彼奴らは清国と戦をし、国を奪い取らんとする勢いだそうな。——やがて我が国も、西洋諸国と国交を開かねばならぬ日が来よう。儂は、そう睨んでおる」

「そんな、まさか！」

いいや、まさかと口にはしたものの、決してあり得ぬ話ではない。

英吉利と清国の戦については、くまの父である安倍石英からも耳にしていた。日の本も急いで欧羅巴に追いつかねば同様の脅威に晒されるかもしれぬ、と。

しかし、まさか異国と国交などとは……。沖田などは話を聞いて『ご公儀は軍備を整え、異国と戦うべし』と朽ち果てていた武士魂を奮い起こされたというのに。

「その際、何が問題となるかわかるか？」

「いいえ……」

「金と銀の両替よ」

「は？　両替……？」

「左様。我が国では西洋よりも、銀の価値が高い。日の本では銀十匁あれば、およそ金二匁と交換できよう」

「そのくらいですかな」

「だが、西洋では銀十匁は、一匁に満たぬ金としか換えられぬ。三分の一程度の価値であるな。――逆に言えば、日の本では銀が西洋の三倍、価値を持つということになる。すると、どうなると思う？」

「はて、皆目……」

「西洋人どもが寄ってたかって銀を持ち込み、日の本で金に換えるのだ。奴らは大儲け。我が国の金は全て異国に流れ出ることとなろう」

これまた、似たような話を娘婿から聞いていた。

しかし、さすがは町奉行。江戸の町のみならず、異国との情勢にこれほどまで通じているとは。

しかも先ほどから日の本のことを『我が国』と呼んでいた。普通、『国』といえば諸州諸藩を指すものであるのに。これは石英ら学者衆の中でさえうんと進んだ思想であった。

「なんとも恐ろしいことですな。しかし、それが贋金とどう関係が？」

「わからぬか？　贋金が出回れば銀の価値は下がる。——欧羅巴と同じ三分の一とまでいかずとも、せめて半分になれば多少は心安らかに門戸を開けるというものよ」

沖田は思わず、アッ、と息を飲む。

なんと恐ろしいことを考えるのであろう。つまり銀の価値を落とすために、贋金作りを野放しにする気であったのだ。——しかも人喰い半佐などという兇賊を。

　このままでは、きっとまた人が死ぬ。既に何人か死者は出ているようであったが、この程度で済むはずがない。

古株である沖田は半佐をよく知っていた。彼奴は必要に応じて、あるいは気の向くままに、いくらでも命を奪える男だ。人というより鬼に近い。

「お奉行、拙者は反対でございます」

「意見は聞いておらぬ。わざわざ教えてやったのは賛同してもらうためではない。お主のように、半端に事情を知った者にチョロチョロされては敵わぬからだ。——それならば、いっそ全てを知らせてジッとさせておく方がよい」

奉行は、また次の文箱を手に取り蓋を開ける。中から出てきたのは紙に包まれた小判であった。

「五両ある。飴花魁を見つけた褒美だ。今後は銀の価値が落ち、その分、小判の相場は上がるであろう。大事に取っておくがよい」

「は……」

またも口封じ。昨夜と同じく金で口止めする気であった。

「かつては今より法が厳しく、十両盗めば首が飛ぶ、などと言われておったそうな。前のと合わせて貴様に与えた金子は十両。言いつけは守れ。さもなくば盗みと同じことぞ」

十両で死罪というのは百年以上昔の話で、今はさすがにそこまでの重罰は科せられない。——しかし、言葉の真意は別にある。

余計なことをすれば、殺す。

そう脅していたのだ。

「沖田よ、褒美の礼を言え」

「……ありがたき幸せにございます」

＊＊＊

沖田は金子を受け取り、部屋を出る。

（まさか、ここまで露骨に脅してくるとは……）

口止めに応じなければ奉行は本当に沖田を殺すであろう。

あるいは身内や親しい者まで消す気かもしれぬ。――あの奉行は、人喰い半佐と同類だ。必要に応じていくらでも命を奪える男。最初に目を見たときから知っていた。

廊下を歩いていると、後ろからズルズルと足を引き擦(ず)る音がした。

「沖田殿、よろしいですかな」

同心三席の雷公加藤だ。苦虫を噛(か)み潰したような顔はいつものことだが、今日は心なしか普段に増して苦々しげであった。

「お奉行から例の話をお伺いのようですな。一分銀の件と、その造り手……。そして手を出すなという念押しも」

「ご存知でござったか」

「拙者も沖田殿と同じく、昨晩『念押し』されました」

昨晩というから、おそらく奉行の役宅にて沖田と別れたあとであろう。

この雷公殿も、五両貰って引き下がったのだろうか？　それとも、さんざん揉めたのであろうか？　いずれにせよ苦虫顔の理由がわかった。

「それはそれは……。加藤殿は特に悔しいでしょうな」

彼の右足に目を遣ると、動かぬ右膝がかすかに震えているようにも見えた。

「無論、悔しいに決まっております。これは拙者が独自に調べたことですが……。お奉行は、密かに『マル半』と通じようとしているのです」

マル半は、人喰い半佐のこと。

つまりは裏で手を組もうとしているというのだ。たしかに、その方が天下の大計とやらもやり易かろう。

だが、まさか町奉行と兇賊が、とは——。

「しかも、お奉行はマル半と話をつける交換条件として、昔捕らえた手下のうち死罪となってない者を引渡す気であるのだとか」

「なんと！　しかし、それでは……」

主だった者は獄門に処されたが、中には佐渡金山や石見銀山、銭の鋳造所などで働かされている者もいる。——半佐にとっては金銀や鋳物に詳しい手下を手に入れる好機となろう。悪い条件ではない。

（しかし、それでは加藤殿の足が浮かばれぬではないか）

一味を捕らえる際に深手を負った右足が。

「沖田殿……。このようなとき、我らはいかにすべきでしょう?」

「加藤殿――」

加藤は、この老同心に教えを請おうとしていた。

沖田を役立たずの老いぼれでなく、敬うべき年長者として扱い、見習いのころのように導きを求めていたのだ。珍しい。懐かしい。

なのに――、

「儂らは同心……。お奉行の決めたことには従うべきでありましょう」

一番つまらぬ答えをしてしまった。

加藤は落胆した顔で去っていく。――黙って流しておけばよかった。雷公殿の弱々しい背中を、沖田は見ていられない。

(……だが、どうしろと? 殺すと脅されているのだぞ。下手をすれば、身内にまで手が及ぶかもしれん)

いくら歳を重ねても、正解などわかりはしない。

むしろ加藤こそ身勝手極まりないというものだ。答えの出るはずのない問いをしておいて失望するとは。次第に腹立たしくなってきた。

(仕方あるまい……。儂だけでなく孫や子を守るため――それに、天下のためにもな

ることなのだ。お奉行もそう言っておられたではないか）

老同心は、そのまま廻り方同心の詰め部屋へと行き、窓の横にチョコンと座る。

こうして沖田は、もとの窓際同心に戻った。

いや、もしかすると彼は、このとき初めて本当に〝窓際同心〟となったのかもしれない。

——ぽっぽぉ、ぽっぽぉ。

——ぽっぽぉ、ぽっぽぉ。

外から、おなじみの鳩笛が聞こえた。

＊＊＊

表に出ると、いつもの小鳥たちが立っていた。

普段と違う格好だ。

「おやおや、今日の鳩はずいぶん派手だね」

「あっ、じいじ様」

「ぜぇー、ぜぇー」

二人とも飴売り姿。それもサンノジや死んだ千吉よりも、ずっと本格の唐人飴売りの衣装であった。

「なんとも可愛らしい飴売りたちではないか」

「へへん、そうでしょう。今日はくまと二人で飴売りをやってたのよ」

「ほほう、飴売りごっこかい」

「ごっこじゃなくて本当の飴売りだってば。けっこう売れたし、おいしいって褒められたんだから」

「ぜぇー、ぜぇー」

とらにも聞きたいことはまだあったが、さすがにくまの方が気になった。疲れて息を切らしている上、喉がすっかり嗄れている。

「くまは、いったいどうしたのだね？」

「気にしなくて平気よ。客引きで英吉利の歌を歌わせてたら、こうなっちゃったの。じいじ様、お水か麦湯でも飲ませてあげて」

「おお、いいとも。とらや、くまはまだ小さいし体も丈夫でないのだから、あまり無理させるものではないよ」

「でも、くまが自分でやるって言ってたのだし――」

「ぜぇー、ぜぇー」

くまは嗄れた喉で何か言おうとしていたようだが、この『ぜぇー』が『いかにも』なのか『違います』なのか、沖田には判別できなかった。

「それに、商売なんだもの。ちょっとは無理をしてくれないと」

「商売かい？　そういえば、さっきも『けっこう売れた』と言っていたな。いったい、いくら儲かったのかね？」

「んー、よくわかんない。勘定はくまに任せてるから、喉が治ったら聞いてみる。――でも、手元には一文も残ってないのよ。さくらの子たちに全部あげちゃったから」

「さくらの子？」

なんでもとらは子供たちを大勢集め、そこいら中で噂話をさせ、客を集めていたのだとか。

「近所の子たちは、みんなとらの乾分（こぶん）だからね。前に町中のがき大将たちを全員まとめてぶっとばしたら、向こうから親分って呼んでくるようになったの。たまには役に立ってもらわなきゃ」

「お前、そんなことまでやってたのかい？」

お転婆にも程がある。

だが、それもこの子のよさだ。ともいつかは女らしくなり、男の子に混じって喧嘩や剣術などしなくなってしまうかもしれぬ。一緒にいる少年たちが自分と異なる存在であると気がつく日が来るはずだ。

月日が経つのは楽しみでもあるが、同時に寂しいことでもあった。

「ま、とにかく程々にしなさい」

「ぜぇー、ぜぇー」

今度の『ぜぇー』は意味がわかった。『甘やかしてはいけません』だ。

（しかし、なんと可愛い孫たちであろう……。加藤殿には軽蔑されるかもしれぬが、これでよかったのだ。儂は正しい道を選んだ）

奉行の脅迫に屈してよかった。

意地を張れば、この子たちまで危険に晒していたかもしれない。もし、この宝物たちに何かがあれば、いくら悔やんでも悔やみきれぬ。

どうせ先のない窓際同心。世の道理よりも自分の孫を大事にしよう。

「ぜぇー、ぜぇー」

「うむ、そうだな。くまの言う通りだ。甘やかしてばかりでは、さすがにこの子のためにもならぬ。いいかい、とらや、今回ばかりは少々厳しく言わねばならん」

とはいえ飴売り衣装の孫の愛らしさに、口元はずっと緩みっぱなしだ。

自分でわかる。とても厳しいことを言う顔にはなっていなかった。

だが――、

「えー。でも、あれくらいしないと下手人に伝わらないじゃない」

とらの言葉で、老人の形相は変わった。

「……今、下手人と言ったかね？　とらよ、それはどういうことだ？」

「だからね、囮（おとり）になってたの。ほら、これを見て。ゆうべ叔父上先生が作ったぶさいくな飴花魁。――とらたちがこの飴花魁を飾って、うんと目立つ格好で飴売りをして、ついでに『これは空き家で拾った道具で作った』ってさくらに噂を流させたのよ」

「なんと……。なぜ、そんなことを？」

「飴売り殺しの事件（やま）には、裏の秘密があるんでしょう？　それを探りたかったの。とらたちが囮になって、本当の下手人をおびきよせるって寸法よ」

「…………」

「……じいじ様？」

塀の陰から、彦五郎がこちらを見ていた。

どうやら一枚噛んでいるらしい。堂々と姿を見せられないのは、とらたちを止められなかったことを面目なく思っていたからに違いない。

沖田は、すぐさま彼のもとへと駆け寄ると、

「貴様ッ！」

と皺だらけの拳で、その顔面を殴りつけた。

年寄りの痩せた腕での一撃であったというのに、柔術使いの岡っ引きはそのまま地べたへ倒れ込む。――これは老同心の意外な膂力(りょりょく)のためであったのか、あるいは罪の意識のためであったか。

土の上で転がる若者を、沖田は何度も蹴(け)りつけた。

「貴様、黙って見ておったのか！　子供になんと危ういことを！」

「すいません、すいません！　けど、こいつら、あっしの言うことなんか聞かなくて！」

「黙れ！　それが、いい大人の言い訳か！　十手持ちの言うことか！　この馬鹿、人

命をなんと心得ておる！」

彦五郎は泣いていた。抵抗もしない。自分が悪いと理解していたからこそだ。

この若者は二十一。沖田よりも孫たちに歳は近い。――そんな自分の三分の一にも満たない若者を、老同心は罵り、蹴り続けた。殺しかねないほどの勢いで。

彦五郎のように根の好い男は、むしろ痛みより言葉で死ぬかもしれない。

「やめて、じいじ様！　あちしが悪いの！　彦五郎は悪くないの！」

止めに入ったとらも泣いていた。

孫たちに、怒った顔を見せてしまった。沖田は悔やむ。だが、止められぬ。間違ったこともしておらぬ。気がつけば沖田も泣いていた。

（何が囮か。相手は、あの人喰い半佐なのだぞ。本当に囮に食いついてきたらどうする気か。――いや、それより恐ろしいのはお奉行の方だ）

孫らが勝手にしたこととはいえ、見逃すような男であるまい。

自分だけが狙われるなら構わない。だが、むしろ今回とらたちが動いたことで、二人も『必要ならば始末すべき相手』と認識されてしまった可能性すらある。もし、そうであれば最悪だ。

（この子たち、なぜそんな危ないことを……。お前たちを守るために、儂はいろんなことを耐えたというのに――）

脅しに屈し、口止め料に対して『ありがたき幸せ』と礼まで言わされても、孫たちのためなら平気であった。

だが本人たちが自ら危険に身を晒しては、何も意味がないではないか。

「とらよ。それに、くまも」

「……はい、じいじ様」

「このようなことになった以上、儂はもうお前たちの祖父ではいられぬ」

奉行の魔手が及ばぬよう、二人と縁を切るしかなかった。

＊＊＊

気がつけば、空は夕焼け。

真っ赤な陽に照らされて、とらは泣きじゃくりながら家路に就く。

「ごめんなさい、ごめんなさい……じいじ様、あちしが悪かったです……」

大粒の涙を垂らし、えっく、えっく、という嗚咽（おえつ）混じりに、その場にいない祖父へ何度も必死に謝り続けた。――これがあの喧嘩自慢のお転婆とらであったとは、乾分の悪がきどもが見たら目を疑うことであろう。

「ごめんなさい、じいじ様……。だから……お前たちなんか孫じゃない、なんて言わないで……」

「とら姉、気を落とさずに……」

横を歩いていたくまは、やっと出るようになった声で従姉をずっと慰めつつも、

（祖父殿は、そんな意味で申されたのかな？）

と、わずかに首を傾げてもいた。

あのとき祖父は『儂はもうお前たちの祖父ではいられぬ』と言った。これは、

『──お前たちのように悪い子は、もはや儂の孫ではない』

と取るのが普通であろう。

だが、本当にそうであったか？　少なくとも、とらはそのように受け取っていた。

とはいえ詳しい事情を知らぬ以上、賢いくまでも他の答えには辿り着けない。せいぜい今のように、疑念を覚えるのが関の山であった。

「とにかく、とら姉、今日はもう帰って明日また謝りにいきましょう。きっと祖父殿も許してくれます。だから、もう泣きやんでくださいませ」

「うん……」

とらとくまはとぼとぼと赤い空の下を家へと向かう。——途中、草むらでもとの着物へと着替え、井戸を借りて化粧も落とし、再び足取り重く歩き出す。

直後、二人は誘拐された。

幕間の弐

鵺（ぬえ）と呼ばれる老人は、願いを二つ持っていた。

孫のとらは十二歳。

祖父というのは孫に二人ずついるものであるが、もう一人の祖父はうんと懐かれていると聞く。羨ましい。妬ましい。憎らしい。

いつか酷い目に遭わせてやりたい。これが願いの一となる。

そして――、

（……儂も、何か優しいことをしてやりたい）

これが願いの二であった。

冷酷非情な彼であったが、もしも孫と顔を合わせることがあれば、うんと情けをかけてやりたい。

あの子にならば、いくらでも愛を注げる。贔屓（ひいき）もできる。普通なら殺さねばならぬ場合であろうと、命を見逃してやってもいい。

もちろん、そのような機会など、そうそうあるものではなかったが……。

子供には飴。年寄りには孫。

孫は、老人の人生を甘やかしてくれる。

意外にも、この日、機会は訪れた。

それも両方一度にだ。

漆「鬼爺」

夕刻といっても、まだ六つ（午後六時）。

空は赤いが、さほど暗くはなっておらず、外働きの大工でも暢気な者は仕事じまいをしていない頃おいだ。

なのに――、

「……とら姉、ゆうべの黒頭巾です」

「……うん」

二人が人気のない道を歩いていると、ふらり、と辻の陰から現れた。

黒装束に黒頭巾の男が。

それも三人。――いや、前にいるのだけで三人だ。気がつけば背後にもう二人。

異形の一党であった。日が落ちきっていないというのに、この身なり。

逃げ去る際のことを考えてのものか、あるいは何か信条あっての黒ずくめであったのか。夕焼け空の下で、彼らの姿は目立っていた。

——だが、滑稽と笑う余裕はとらにはない。

（……こいつら、強い。特に真ん中のやつ）

見ただけでわかる。そこいらのごろつきとは別物だ。

殊に、前の三人のうち中央に立つ男。——頭巾から覗く皺だらけの目元を見る限り、祖父より上の年寄りだった。

能の翁面（おきなめん）のように目だけはずっとニタニタしていたが、奥の瞳は笑っていない。ただただ空虚。闇の色。底なしの洞（あな）がごとく、一切の光を発していなかった。

目が合うと、魂が吸い込まれてしまいそう——。

（こいつ、ゆうべの男……？　それともゆうべのは残り四人のうちどれかで、こいつはその親分ってこと？）

昨夜は暗くて、黒頭巾の目元はよく見えなかった。だが、いずれにしても窮地であるのに変わりはない。

目の前の翁顔は、とらの微塵鎖を破った男か、さらに強い親玉であるのだ。とらは袖から右手を引っ込め、懐で得物の鎖を握り締める。

「——そこの娘や」

翁顔の親分が声を発した。頭巾の口布ごしでくぐもっていたが、猫撫で声で、老人らしく嗄れている。

「……何よ？」

「町の小僧どもが『あの唐人飴売りは藤林道場の娘だ』と噂してたが本当かい？」

小僧どもというのは、さくらの子たちのことらしい。

「だったら、なんだってのよ？」

「では、ほんとうに当代藤林道順の娘であるのだね。おやおや、なんたる因縁、なんたる因果。――おとら坊、アタシのことは聞いているかな？」

「ハア？」

唐突で、あまりに理解の及ばぬ質問。

（きっと、あちしを惑わすために、わけのわからぬことを言っているんだ）

だとすれば問答無用。そんな手には惑わされない。

とらは懐から微塵鍾を取り出し、ぶんぶんと頭上で振り回す。

翁顔は虚ろな闇の瞳のまま、息をフフッと漏らして嘲笑った。

「はは、ずいぶん乙な道具を習ったものだ」

間合いは四間。足は一歩も動いていない。

うしろに下がりもせず、かといって前へ踏み込みもせず。――昨夜と同じだ。この老人、やはり微塵鎚を知っていた。

かつて忍びが使ったという、この武器を。

「破り方も、道順のやつめに習ったかね？」

黒頭巾の翁は、自分の懐に手を入れる。

これまた昨夜と同じ。武器を取り出す気ではあろうが、とらは動かぬよう必死に堪(こら)える。ここで焦れば前回の二の舞だ。

相手が出すのがいかなる道具かはわからぬが、手を伸ばした以上は使うはず。一歩でも踏み込んでくれば、とらの微塵の間合いに入る。頭を分銅でかち割れよう。

とらは敵の右手を注視する。ただ待っているだけで、自分の勝利は確実なものとなるはずだ。そのはずであったのに――。

「おとら坊、右手を見すぎじゃあないかね」

――こつんッ。

何かが、とらの額にぶつかった。衝撃で視界が眩(くら)む。

（——礫⁉　左手で？）

投げたのではなく、左の親指で弾いて放ったのだ。とらの目は右手に集中していたため、左手の最小限での動作に反応することができなかった。あまりに迂闊。しかも、この礫、飴玉太夫に入っているのと同じ一分銀。たまたま手にしていたものを、丁度いいからと用いたのであろう。

（こんな単純な手に引っかかるなんて——）

自らの未熟を呪うが、もう遅い。

眩んだ目で勝てるような相手ではない。次の瞬間、とらの鳩尾に痛みが走る。

殴られた。呼吸ができない。

刃物ではなく素手での一撃。またも手加減されたのだ。

「殺しはしないよ。生け捕りだ。——アタシは忍び。いつでも出来ることを今慌ててやったりしないのさ」

さらに首筋へと手刀が入り、とらの意識は薄れていく……。

翁顔の黒頭巾は、自らを『忍び』と称していた。

なるほど。見た目だけでなく、この腕前。納得がいく。道場の忍びもどきたちとは大違いだ。

(けど『最後の忍び』は、藤林の方のじいじ様のはずなのに……)

父方の祖父の死と共に、忍びはこの世から消えたのでは？　父道順が間違っていたというのだろうか？

(それとも、まさか、あのじじい——)

不安がとらの脳裏を駆け巡る——。

＊＊＊

目を覚ますと、見知らぬ暗い部屋にいた。

「とら姉、目を覚ましてくれましたか」

「くま……」

黒頭巾どもの隠れ家らしい。二人は両手両足を縄で縛られていた。

灯（あか）りは窓から差し込む月光のみ。どうやら百姓家の納屋らしいが詳しいことはわからない。

男たちに殴られたのか、くまの右頬は腫（は）れていた。目の周りも赤くなっていたが、これは泣いていたからかもしれない。

「ごめんね、くま。あちしのせいで痛い目に遭ったのね」

「いいえ、ぼくなら別に……」

——と、そこに聞き覚えのある猫撫で声。

「その子には、うんと礼を言うといい。そんな小さな身でお前をかばおうとしていたのだよ。——ははは。もちろん結局攫われたのだから殴られ損だったがね」

部屋の隅に、あの能面顔の老人がいた。

黒装束で闇に紛れて立っていたのだ。あの、暗く光のない瞳で。

「あんた、何者？　どういうやつなの？」

「好奇心旺盛だね。そっちの小さい子にも同じことを聞かれたが、きっと二人とも賢い大人になる。——アタシは人喰い半佐。盗賊の親分さ」

「人喰い……？」

「背中の彫り物が由来だよ。虎縞（とらじま）の化け物がしゃれこうべを齧（かじ）ってる絵だ。いい子にしてたら見せてあげよう」

「いらない……」

「オヤ、さっきの好奇心はどうしたのだね？　よくないな。それじゃ立派な大人になれないよ。彫るとき痛かったのだから、せっかくだし見ておくれよ」

「どうでもいい話ばかりしないでよ。それで、あんたはあたしたちを殺すの？」

「今、考えているところさ。アタシも歳で耄碌気味だ。うんとよく考えないと間違った方を選んでしまう。──けど、普通の子供だったなら絶対にぶっ殺しているよ」

とらは、ぞっ、とした。

老人の瞳はずっと空虚であったのに、『殺す』と言葉を発したその一瞬のみ、赤ん坊のように輝いたのだ。

心の底から嬉しそうな目をしていた。こんなに楽しそうな年寄りの顔、とらは初めて見た気がする。

「おとら坊、お前は藤林道順の子なのだね」

「そうよ……」

「実の子かい？　貰い子でなく？」

「……実の子」

「そうかい、そうかい。少し前まで、忍びの家といえば代々素質のある子を養子にするのが普通でね。こんな風に、実の子を大きくなるまで育てることができるとは、いい時代になったものだ。知る限りじゃ、お前が初めてだよ。──はは、当代道順はさぞかし優しくしてくれるだろう？」

「…………」

優しくなんかされていない。

愛されていないのでは、と毎日のように怯えている。

もしかすると実の子ではないのかもと疑ったこともあったが、父にも母にも顔は似ているし、本当に忍びの家の貰い子ならば稽古やら鍛錬やらでもっと構ってもらえるはずだ。

いずれにせよ、こんなこと盗賊の知ったことでなく、とらも話す気などはなかったが……。

「とにかく、おとら坊はまだ殺さないよ。もう少し考えさせておくれ。そっちの小さい子はおまけだ。おとら坊がいい子にしないと、そっちの子が痛い目を見る」

「……生かしておいて、どうする気？　何が狙いなの？　いったいあんた、なんなのよ？」

身代金を取ろうにも、自分もくまも別段裕福な家の子ではない。

あるいは父に恨みがあって、意趣返しに目の前で殺す気だろうか？　逆に、恩があるから殺したくないとでも？

能面顔の人喰い爺は『何が狙いなの』への答えであるのか、それとも『あんた、なんなのよ』への答えであるのか、ただ――、

「おとら坊のお祖父ちゃんだよ」

とだけ、ぽつり、と口にした。

とらの顔は青ざめた。

＊＊＊

「お咲さんや、夜分に悪いがしろかもを出してはくれんかね。どこかの箪笥の奥にあるはずだ」

沖田の屋敷。既に夜。

老同心は何やら長い手紙を書きながら、夕餉の膳を持ってきたお咲に頼みごとをした。

「しろかも？　旦那さま、しろかもってなんですの？」

「ああ、若い人は知らないか。『かも』は裃のことだよ。肩衣と袴と、中の着物の一揃い。しろかもは、その白いやつだ」

「——っ⁉　死装束じゃありませんか！」

ちょうど縁切り状も書き終えた。これで娘や孫は他人だ。武家社会のしきたりにより、もう何があろうと迷惑はかからぬ。沖田は晴れ晴れとした心持ちであった。

明日、腹を切る。

いや、夜のうちにでも奉行所か奉行の役宅を訪れ、すぱっと切ってしまうとしよう。ここまですれば、さすがの甲斐守でも身内は見逃してくれるはずだ。

(今日は、孫たちの可愛い姿を見れた。悔いはない)

と、そのとき——。

「——父上！　父上、おいでですか！」

玄関から声が聞こえた。

くまの母――嫁に行った娘の久喜だ。

「どうしたのだ、こんな時分に勢揃いで？」

出ると、いたのは久喜だけではない。その夫である石英と、さらにはとらの母である登喜までも身重の体でわざわざ来ている。おらぬのは、とらの父道順だけだ。

「どうもこうもありません！　うちのくまが、まだ帰っておらぬのです」

「うちのとらもです。父上、何か心当たりはございませんか？」

「二人が……？　二人ともだと？」

沖田が怒鳴ったためであるのか？　それで拗(す)ねて家出をしたと？

――いや、その程度なら、まだましだ。もっと不吉な想像も頭をかすめる。

(もしや……人喰い半佐にかどわかされたか!?)

「父上、今のお顔――何か心当たりがおありなのですね？」

「あ、いや……」

「はっきり申してくださいまし！」

怒声を上げたのは、癇癪(かんしゃく)持ちの久喜でなく、身重でのんびり屋の登喜であった。

おまけに履いていた下駄を投げつけてきて、あやうく沖田の頭にぶつかりかける。

そうだった。近ごろ丸くなってはいたが、この子は元々こういう子だった。

「待て、登喜。すぐに儂も調べるので――」

だが、調べるには及ばない。

「沖田の旦那、たいへんでございます！」

ちょうど新米岡っ引きの彦五郎が、玄関先にやって来た。――それも着物を血で汚し、どこかの番屋の者たちに抱きかかえられながらであったのだ。

「どうしたのだ、その態は？」

「たいへんでございます……。小鳥が――お孫さまたちが、攫われました」

「なんと⁉　詳しく申してみよ！」

なんでも彦五郎は沖田に叱られた後、とらとくまの身に何か起きたらと心配し、密かに後を尾行たのだという。危険な飴売りごっこを止められなかった責任を、この男なりに感じていたらしい。

そして、四谷の御家人町に入る直前、人気の少ない道で二人は黒頭巾の男たちに襲われ、アッという間に連れ去られてしまったのだとか。

「黒頭巾だと？　本当か？」

「へい……。あっしも慌てて追いかけたのですが、多勢に無勢でとても敵わず……」

右肩から血が流れていた。刃物で斬りつけられた傷だ。深手とまでは言わないが決して浅い傷ではない。

その後、近くの番屋まで這って行き、こうして運ばれてきたという。話を聞き、久喜は気を失いかけていた。

「沖田の旦那、面目ない……。あっしがいながら小鳥お二人を——。お報せできれば、もう用はございません。あっしを殴り殺してくださいまし」

「いや……。よくやった。中で休んでおれ。誰か医者を呼んでくるのだ」

黒頭巾といえば人喰い半佐。

とらたちは囮になどなろうとするから、本当に襲われ、捕らわれたのだ。

番太の一人が、沖田に小さな粒を差し出す。

「こいつが、落ちていやした」

一分銀だ。すぐに声を上げ、お咲を呼んだ。

「お咲さん、台所に砂糖はあるかね？　なければ近所から借りてきておくれ」

「砂糖でございますか？」

「そうだ。急ぎで頼む。白祚探しはあとでいい」

前に石英から教わった。砂糖をまぶし、青くなったら〝人喰い銀〟だ。

（……といっても、確かめる必要などあるまい）

人喰い半佐ともあろう者が、ただの落とし物のはずがない。――自分の仕業と知らしめるため、わざと落としていったのだ。

いや、そもそも彦五郎からしてそうであろう。目撃者である新米岡っ引きを殺さずにおいたのも、あえてのことに違いない。

『少女たちを連れ去ったぞ』と教えるために、わざわざ生かして帰したのだろう。

だが、誰に教えようとしていたのか？

奉行所に？

あるいは奉行に？　それとも、よもや――、

（――この沖田柄十郎に、か？）

人喰いは、昔の仇を討つ気であるのか。

＊＊＊

沖田が最初に向かったのは、奉行所の一番奥の間。

町奉行、鳥居甲斐守の部屋であった。

「――お奉行、伺いたきことが」

沖田は、町を走って汚れた足袋で、ばんっ、と襖を蹴り開ける。

中では例の文箱の山に囲まれ、奉行がまだ仕事をしていた。とっくに夜更けであるというのに。

この甲斐守は決して善人ではなかったが、勤勉なのは間違いがない。『盗人に眠る暇なし』とはよく言ったものだ。

「貴様、沖田！　無礼であろう！」

「いったい、何のつもりであるか!?」

声を荒らげたのは、奉行直属の内与力らであった。ゑいの取り調べを邪魔し、捕物帳をひったくっていった、あの二人だ。

与力たちは突然のことに狼狽の色を隠せなかったが、その一方、後ろ盾である奉行の前とあって普段に増して威勢がいい。手前にいた大男の与力が、立ち上がって沖田の肩を鷲掴(わしづか)みにする。

彼らは甲斐守が町奉行に就任する以前からの家来であり、頭脳・武芸・忠誠心、いずれも秀でた文字通りの懐刀(ふところがたな)。――帯刀を前提とする武家社会において、このような警固役を兼ねた腹心は、人から恨みを買いやすい高級官僚に不可欠の存在であった。

殊に、手前の与力は力士もかくやという体格で、その役割が頭脳よりも武芸に重きを置かれているのは見てとれる。

分厚い手のひらだけで、赤子くらいの重さはあろう。並みの年寄りなら触れられただけで骨が砕けているところだ。でありながら――、

「お二人とも、邪魔をなさるな」

沖田は巨漢の腕を摑み返すや、えいやっ、と床に投げ飛ばす。

衝撃で畳敷きの床は抜け、奉行所の屋根までグラグラ揺れた。――柔術ではない。そのような技巧の産物でなく、ただの力業にすぎぬ。単にこの老同心が、皺だらけの細腕からは想像できぬ怪力を発揮しただけのこと。

もう一人の与力は、慌てて刀に手を伸ばすが、

「おやめなされ。手荒なことはしたくない」

言葉よりも早く、沖田の拳が先に届いた。

刀を抜こうとする男の右手を、皺だらけの干からびた拳骨（げんこつ）で殴りつけたのだ。

老骨のたった一撃。なのに、よほどの痛みであったのか、与力は「ぎゃッ」と豚のような悲鳴を上げて蹲る（うずくま）。

「若いのに、骨が丈夫でないですな。――くれぐれ申すが本当に手荒はしたくないの

です。これから、もう一仕事ありますゆえ」

殴った手が逆に傷つくこともある。『人喰い半佐を捕らえる』という〝本番〟を前に、万が一にも無用な手傷を負いたくはない。

奉行の顔に目を遣ると、さすがに怒り心頭の形相であった。

「沖田よ、お主は許されぬことをした」

「は。ですが、これには訳が――」

「見よ、お主が暴れたために文箱が崩れた！　処理する手順が乱れたではないか！」

襖を蹴り開けて入ってきたことでもなければ、家来が痛めつけられたことでもない。積まれた文箱のことで怒っていたのだ。

「お主は江戸市中の統治を妨害し、八百八町の治安を乱した。この悪行、盗っ人五人分にも相当しよう」

「申し訳ございませぬ。あとで腹でも切りましょう。ですが、まずは伺いたきことが。――人喰い半佐の居場所をお教えくだされ」

「何ゆえだ？」

「孫が、かどわかされました。半佐のやつめに」

鳥居甲斐守は冷酷非情で知られていた。無垢で天下一可憐な子供たちが攫われようと、同情などするはずあるまい。

ならば、いざとなれば与力どものように力ずくで――。沖田はいつでも飛び掛かれるよう身構えていたが、一方で当の奉行は、

「……ふむ」

と何やら思案していた。

「つまりお主は儂の言いつけに背き、人喰い半佐を追うというのだな？」

「いかにも」

再び奉行は、「ふむ」と息を吐く。

そして十数えるほどの間、ただ息もせずに黙していたが……、

「――くれてやる」

我慢できずに一歩踏み込もうとする沖田へと、文箱の一つを差し出した。

積まれた順でいえば、処理済みのうんと下の方。

開けると、報告の書類の束と、さらには手下らしき者どもの人相書きが何枚か。痛みで呻いている与力二人が調べたもののようだ。

「手がかりだけだ。居場所までは儂もわからぬ。――彼奴らめ、隠れ家を捨てて逃げたのでな」

新しいやさはまだ見つけていないということか。——だが、手がかりだけでもありがたい。沖田は昨日金子を貰ったときより恭しく頭を下げた。

「ありがたき幸せにございます」

「ふん……。異名の通りか、〝人斬り柄十郎〟め」

懐かしい。そちらの渾名で呼ばれたのは何年ぶりのことになろう。

廊下に出ると、同心三席の雷公加藤が立っていた。

「沖田殿、話は聞いておりました」

立ち聞きされていたらしい。あれだけ騒いでいれば当然か。

奉行のもとへ乗り込んだことについて、何かお小言でもあるのかと思ったが——、

「微力ながら、拙者もお手伝いさせていただきたい」

逆であった。よもや協力の申し出とは。

「……？　ありがたいが、それでは加藤殿までお奉行に逆らうことになりますぞ。それはあまりに軽率というもの。人喰い半佐を憎む気持ちはお察しするが……」

足の仇である半佐を恨むのは当然であるし、半佐を追うなと命じた奉行に従いたくないのもよくわかる。

だが、加藤はまだ三十代半ば。その若さで将来どころかお家まで棒に振るのは、年長者として賛成できぬ――。

「いいや沖田殿、そんな理由ではございませぬ」

「では、何ゆえに？」

「貴殿に恩義があるからです」

そう言って、動かぬ右足をぽんと叩いた。

「あの日――半佐を追い詰めようとして返り討ちに遭った際、沖田殿に助けられなければ拙者は足だけでは済まず、とどめを刺されて死んでおりました」

そういえば、そうであった。

あの夜、同心はじめ捕り方一同は、半佐一味の立て籠もる宿に突入したが、加藤は半佐に足を斬られて絶体絶命。――それを助けたのが沖田であった。

「そんなこともあったかもしれませんな」

「はい。半佐は深手を負い、彼奴には逃げられたものの一味を壊滅せしめることができました。沖田殿がおられなければ、捕り方側は半佐に次々斬られ、一党全員を逃がしていたことでしょう」

「そうでしたかな、はて」

「それだけではございませぬ。――その後、沖田殿は自分の手柄を伏せ、拙者が半佐に手傷を負わせて撤退せしめたと証言してくださったのです。おかげで、この足でありながら同心を続けることが許されております」

「イヤ、はて？　よく憶えておりませぬな。なにぶん歳で……」

「惚けてはなりませぬ。それに人喰い半佐めを放っておけば、また無用な殺生が為されましょう。ここで立たねば人でも武士でもありますまい。――これは、拙者だけではござらぬ」

気がつけば十四人いる廻り方同心のうち、残りの十二名もそこにいた。

もう夜更け。この時間、同心たちもよほど仕事熱心な者以外は帰宅済みであるはずなのに。

「――拙者も昔、沖田殿には助けられましたからな」

「――それに、小鳥の声が聞こえなくなっては、奉行所に彩りが失せるというもの」

「――そうそう。拙者は小鳥たちのために参りましたぞ」

このように軽口を叩く者もいたが、いずれの目も真剣そのもの。覚悟を決めた顔をしていた。

「これは……どうしたことで？」

「拙者が使いを出したのです。しかし、来たのは各々の意志によるもの。廻り方一同、勇んで駆けつけてくださいました」

塀の外からも、ざわざわと気配がする。それぞれ岡っ引きなど手下を引き連れて来ていたためだ。

「程度の差こそあれ、皆、沖田殿には恩義がある。恩を返させていただきますぞ」

＊＊＊

奉行相手に揉めていたわずかな間に、全員に使いを出したらしい。ほんの四半刻程度というのに。

さすがは加藤三席、仕事ができる。――他の者たちも、この短時間に手下を引き連れて参上とは見事な手際だ。自分に同じことができるであろうか。

（儂に恩など感じる必要はないというのに……）

足を引き摺るようになった彼が廻り方同心であり続け、三席の地位にまで上ったのは本人の努力に他ならない。沖田も恩に着せる気などなかった。

他の者たちについても同様だ。とはいえ――、

「まったくもって、ありがたや……。お力、お借りいたしますぞ」

皆、情に厚い者たちばかりだ。

ずっと見下されていると思っていたが、思ったよりも慕われていたらしい。照れ臭くもあり、当然ながら嬉しくもある。泣きそうだ。

それに、この人数もありがたい。廻り方同心全員とあれば、さしもの奉行もそう簡単には処分できまい。

(なんにせよ、いつまでも喜んでいる場合ではない。まずは孫たちの囚われ先を──半佐のやつめを探さねば)

沖田は蠟燭の灯りにて、奉行から貰った文箱の中身の書付に目を通す。

人喰い半佐の居場所の資料だ。

「なるほど……」

奉行も言っていた通り、ただの手がかりでしかない。一味の潜伏先と目される場所も複数書かれてはいたが、いずれも去ったあとの旧隠れ家。うち一つは男装飴売りの千吉が道具を盗んだという空き家であった。

「これでは、今の隠れ家はわかりませんな……」

横から覗き込んでいた加藤が、沖田本人よりも苦々しげな顔をする。

「何か、別の方法で居所を探らねば――」

「いや加藤殿、これでよい」

旧隠れ家のうち、いくつかの住所に見覚えがある。――一緒に入っていたのは手下とおぼしき男たちの人相書きであったが、こちらも同様。記憶にかすかな引っかかりを覚えていた。

「すまんが誰か、奉行所の外にいる不細工な大男を呼んできてはくれぬかな。サンノジといって儂の手の者だ」

そう言葉を終えるや、

「――ひでえや。不細工は余計ですぜ」

庭から、当人の声が聞こえた。

「おったか、サンノジ」

「へえ。すぐにお声がかかると思いやして」

夜闇の中に、いつの間にやら潜んでいたのだ。それも番人が夜通し警備している奉行所の庭に。

「この人相書きの男だが――たしか駒込（こまごめ）の偽富札作りの一味に、似た人相の男がいたはずだ。こちらの隠れ家も、どこかで住所に覚えがある」

「ああ、たぶん墨壺（すみつぼ）の弥太（やた）親分とこの若えやつでやしょう。といっても若かったのは二十年以上前でやすが」

「隠れ家の住所は？」

「そちらも、たしかにどこかで……。ええと、ちょいと待ってくだせえよ。――そうだ、その偽富札の弥太親分の義兄弟が開いてた賭場が、そこの近くの古寺だったはず。あっしは縄張り違いでよく知りやせんが」

「では、誰なら知っておる？」

「門の外にいる岡っ引き連中、あれだけいりゃ誰か一人くらいは知ってる者もおりやしょう」

「よし。すぐに全員、中に入れて聞いてみるのだ。――儂は人喰い半佐のやつめが他の悪党一味の頭領を殺し、乾分や隠れ家を奪っていると考えておる」

偽富札と賭場というのも、まさしく怪しい。

偽富札作りの一党ならば、手先が器用で贋金作りに役立つはず。賭場は、贋金を本物と交換するのに使えよう。

「そういうことですかい。しかし沖田の旦那もよくお気づきで。さっきの人相書きも隠れ家も、うんと昔のことでやすのに」

「なあに、窓際同心だからよ。窓際でな、毎日古い書状や帳面の整理をしていたら、なんとなく憶えておったのだ」

二人のやり取りを聞き、他の同心たちは皆、心底感服した様子であった。

殊に加藤はおなじみ雷公のがなり声で、何度も沖田を褒め称える。

「さすがは沖田殿。まさか、これだけの手がかりでとは」

「貴殿の馬鹿にしていた窓際同心も、なかなか役に立ちましょう?」

「あ、いや……」

加藤は顔を真っ赤にさせたが、怒り以外でこの顔色は、彼にとっては珍しい。

そして、深々と頭を下げる。――これもまた、この男には珍しかった。

「沖田殿、これまでのことお許しくだされ。思えば今までの拙者の態度、あんまりなものでございました」

「いや、顔をお上げくだされ。あのように怠けていたのだから馬鹿にされても当然というもの。――なのに皆、こうして助けてくれるという。この老いぼれこそ性根を改めねばなりませぬな」

「いえ……」

顔を上げた加藤は、本物の雷様のように顔を赤黒くさせていた。頬や目もピクピク痙攣している。相変わらず感情を表に出すのが下手な男だ。

「……拙者はこれまで、沖田殿のことが大嫌いでした」

「ほう」

仕方あるまい。だが、ここまで直接な言い方をされるとは思わなかった。

「仰る通り、いつも怠けておられたからです。――否、ただ怠けていたからではございません。本当はまだ働けるのに怠けておられたから……。拙者はこの足で満足に働けぬというのに、沖田殿は余力を残して働かぬ。優れた才をお持ちであるのに。それが憎らしいやら悔しいやらで――」

「そうでしたか」

加藤の吐露は、身勝手な言い分ではあった。これまでの態度も、とても命の恩人に対してのものではない。

だが、この雷公殿の言葉には沖田に対する深い敬意を感じられたし、何よりも今、孫の危機を救ってくれようとしている。――それだけで感謝の念に堪えなかった。

そのころ庭では、岡っ引きたちが地図を広げて喧々囂々。

このように、主の同心が誰であるのか関係なく情報交換をするのは珍しい。そのおかげもあって潜伏先の候補地が次々と挙げられていく――。

と、そこに、

「沖田よ、これを……」

先ほどの与力たちが、怪我の手当てもせぬままヨロヨロとやって来る。

仕返しか、恨み言でも喚きに来たかと思いきや、実際にはそうでなかった。

「つい今しがた、飴屋辻の自身番屋に投げ文があったとのこと。――投げ主には逃げられたが、手がかりの追加にはなろう」

またも文箱。中には細かい折り跡のある文が入っていた。

差出人は、人喰い半佐。

奉行所へと宛てられたものである。

「これは……我が孫を使って、奉行所を脅す気か！」

内容は、およそ以下の通りだ。

――今後、南町が月番の間は、決して我ら一味を追はず、罪も問はぬと熊野牛王符に誓ひ給へ。さすれば玉の件はよしなにいたす。

〝玉〟は、沖田の孫たちであり、同時に人喰い銀のことであろう。

半佐はずっと奉行と交渉していたが、人質を得たのをいいことに、ここぞとばかりに有利な条件を突きつけてきたのだ。

「しかし、月番の間は好き放題にさせよとは……」

加藤がぎりりと歯を噛んだ。

いくらなんでも、こんな条件、受け入れられるはずがない。たとえ破るのが前提の誓いとしても、人に知られれば奉行所の威信にかかわる。

だが断れば、それは沖田の孫二人を見殺しにすることを意味する。雷公は言葉を継げずにいた。

手紙は、まだ続きがある。

——応じるならば、夜明けの六つ、浅草橋の火見櫓で半鐘を二回鳴らすやう。

文面はこれで終わりだが、つまりは、

『朝六つ（午前六時）を過ぎたら、人質を殺す』

と刻限を切られたことを意味する。

とらとくまは明日の六つまでの命となる……。

「沖田殿、お気を落とさず……」

「何を言っておられる加藤殿。これは朗報、善き手がかりでござろう。――六つに殺すというなら、今はまだ孫らは生きておるということですからな」

手がかりは、それだけではない。

「サンノジよ、江戸にいくつも火見櫓はあるというのに、なぜ浅草橋の櫓を指定したと思う?」

「やつらの隠れ家に近く、よく聞こえるからでやしょう。今の季節の風向きからして、浅草橋の半鐘がよく聞こえるのは――」

芋虫のような太い指で、広げた地図の一点を指す。

「このへんでやしょうな」

「秋葉原か」

千代田のお城からほど近い、しかし、沼だらけでろくに拓かれていない湿地帯であった。――今でこそ田畑も多少はあるが、もとは土地一面が葦やススキ、萩といったいあきのは類で埋め尽くされていたことから、このような地名で呼ばれていると聞く。

「隠れ家に心当たりは?」

「ごぜえやす。先ほどの人相書きの男、よくしてやってる弟分が、あのへんの百姓家のせがれだったはず。先祖が泥鰌捕りで儲けて広い屋敷を建てたとかで、賭場の一味が物置がわりに使ってると昔聞いた覚えがありまさあ」

庭の者たちを見渡すと、その地を縄張りとする岡っ引きが「へい」と大きく頷いた。

「その噂、同じく聞いたことがございます」

どうやら間違いないらしい。沖田も取り調べの書き留めで、うっすらとだが見た記憶があった。

気がつけば、他の同心たちが「ほう」と奇妙な眼差しでサンノジを見つめていた。

──『自分にも、こやつのように役立つ岡っ引きが欲しい』と羨んでいたのだろう。

こんなときだが、沖田は我がことのように誇らしい。

「では皆々方、お頼み申す。人喰い退治にご同道くだされ」

刻限である夜明けの六つまで、残りわずか一刻足らず。

一同は勇んで、奉行所の門を出た。

＊＊＊

──ある意味、罠だ。

人喰い半佐は忍びの者。万が一、居場所を知られて踏み込まれても、逆に皆殺しにしてやればいい。何人来ようと同じこと。

少なくとも、乾分はともかく自分一人なら逃げ切れる。昔もそうしたではないか。

――能面顔の人喰い爺は、そう考えているらしい。

実際、それを為し得るだけの腕があることを、囚われのとらは知っていた。

（あいつが『最後の忍び』……。でも、それは――）

夜明けは近い。空はそろそろ白んできている。

とらとくまは、いまだ隠れ家の納屋に閉じ込められていた。

人喰い半佐本人はだいぶ前に出ていって、今は子供だけで二人きり。――といっても表には見張りがおり、窓には頑丈そうな格子。縄もほどいてもらっていない。

できることといえば、この潑剌（はつらつ）とした子らしくなく、めそめそしていることくらいであった。

（じいじ様……。ごめんなさい……じいじ様、ごめんなさい……）

自分が死ぬのも怖いし、くまを巻き込んでしまったのも申し訳なく思う。もし祖父が駆けつけて来たら逆に返り討ちにされるかもしれない。もちろん、それも嫌だ。

だが、それ以上に恐怖していることがある。

（もし助かっても、じいじ様はあちしを嫌いになるはず……）

自分のせいで皆に迷惑をかけ、おまけに盗賊の正体はもしかして……。これでは嫌われないのが不思議であろう。

だったら助からなくていい。このまま死んだ方が気も楽だ。

「とら姉、泣きやんでくださいまし」

「だって……」

「祖父殿に嫌われたくない気持ちはわかります。——誰だって居場所がないのは怖いですから」

この賢い子は、何もかもお見通しだ。

そう。居場所だ。とらの欲しかったのは、それであった。

「伯父上がとら姉をもっと構ってくれていれば、こんなことにはならなかったのです」

「うん……そうかも……」

藤林家は、もともと代々養子の家系というから家族の情が薄いのかもしれない。

あるいは父道順は、本当は女の子など欲しくなかったということなのか。いくら武芸を磨いても、ろくに褒めてもくれなかった。これでは、何のために日々稽古を重ねているのやら。

母は優しくしてくれるが、やがてもう一人子供が産まれる。しかも、占いによれば男の子だという。——本当に男児が誕生すれば、これまで以上に構ってもらえなくなるはずだ。

易者の来たあの日から、とらは祖父のところに頻繁に通うようになった。

ずるくて甘ったれな子だと自分で思う。

「くま、お前、なんでもわかるのね」

「とら姉のことなら全部わかります。——たぶん、祖父殿もわかっています」

「そうかな……？」

「はい。だから、祖父殿は嫌いになったりしないはずです。ただでさえ孫に甘い人ですし、ぼくらは天下一可愛いのですから。ただ、もし本当に嫌われたなら——」

「何よ？」

「ぼくを居場所になさいませ。ぼくはとら姉のことを好いていますし、たぶん祖父殿以上にとら姉を甘やかしている人間です。だから、ぼくと……」

「くま……？」

くまは、顔を真っ赤にしていた。必死の形相である。珍しい。この知恵者でいつも冷静な子がこんな顔をするなんて。

だが、この子が何を伝えようとしているのか、とらには理解できなかった。——まるで芝居で見た、男が女を口説く台詞のようではないか。

「お前、そういうのは大人の男が大人の女に言うことよ」

「たしかに大人ではありませんが……。もしや、ご存知なかったのですか？　ぼくはこんな格好をしていますが、本当は——」

よほど口にしづらく、しかし、それでも言わねばならぬことなのだろう。言葉を発しようとするくまの顔からは、並々ならぬ決意がうかがえた。なのに——、

「——お前たち、ずいぶんと余裕があるのだね」

人喰い半佐に、邪魔された。

戸を開けて、あの翁似のニタニタ顔が現れたのだ。

「ははははは。おとら坊たち、もしかして今、助かったあとの話をしていなかったかい？　暢気なものじゃないか。子供というのは、馬鹿で可愛らしいものだねえ」

とらは何か言い返してやろうかと思ったが、先にくまが声を上げた。この子は頭の

良さに自信があるだけあって、馬鹿と言われるのが大嫌いであった。

しかし、それ以上に今回は、一世一代の告白を邪魔されたことを怒っていたのかもしれない。

「助かったあとの話をするのは当たり前です。だって、ぼくらは助かるのですから。助かる人間が助かったあとのことを話して、何が馬鹿だというのですか」

「オヤ、おまけの子なのに威勢がいいね。それに、とびきり能天気だ。この状況で、どうやって助かると？　——誰がお前たちを助けてくれるというんだい？」

横で聞いていたとらは、てっきり『祖父の沖田柄十郎が助けてくれます』と答えるのだとばかり思っていた。あるいは奉行所や、自分の父が、と。

だが、この江戸で一番賢い九歳児の挙げた名は、あまりに意外なものであった。

「飴玉太夫です」

「……？　誰だね、それは？」

「ぼくの懐に入っている飴細工です」

といっても、くまの父や学者たちのこしらえた不恰好な偽ものだ。

飴というものは青酸が混ざると脆くなるので、体の半分以上が既に砕けてしまっていたが——。

「青い瞳の飴花魁が、ぼくらを助けてくれるのです」

それに、ぶきっちょな土鳩も。

夜中、見張りに気づかれぬよう吹いた笛で。


同じころ――。

沖田や加藤ら捕り方一同は、半佐の居場所とおぼしき秋葉原の地を歩いていた。湿地だけあって、歩くたびに湿気った土が草鞋(わらじ)にまとわりつく。頬に触れる風も、沼の水を含んでいるかのようだ。

「沖田殿、お孫さまや半佐は本当にいるのでしょうか？」

そう問うたのは加藤であったが、不安は沖田も同じであった。もしも別の場所であったなら、時間が足りずに孫二人を助けられない。

一応、他の目ぼしい候補地にも、人手を分けて捜させてはいたが……、

「左様、おる。間違いござらん。――他の地に向かった者たちも、間に合うならばこちらに呼ぶべきかもしれませぬ」

沖田が確信を持ったのは、たった今、この瞬間のことであった。

「何ゆえ、そう思われたのです？」

「鼠です」

「鼠？」

道の真ん中に、大きなどぶ鼠の死体が転がっていた。まだ新しい。

思い起こせば、来る途中の道でもいくつか見かけた。道端に動物の死骸など珍しくはなく、また事件と関係もないため、別段意識はしていなかったが。

――しかし夜明けが近づき、視界が少しずつ明るくなっていくにつれ、ある事実に気がついた。

「鼠の傍に、青い粒が落ちておりましょう。これを食って死んだのです」

「――っ！　毒飴の欠片！」

おそらく、くまの仕業であろう。攫われる道すがら、脆くなった飴玉太夫を砕き、少しずつ撒いていったのだ。

そのうちに一同は、隠れ家と目される百姓屋敷の近くに至る。

先に乗り込んでいたサンノジが、足音もさせずに沖田のもとへと駆け寄ってきた。

「あの家でさ」

「間違いないか？」

「間違いありやせん。――夜中、番屋の見廻りが、あの近くで土鳩の鳴き音を聞いたそうです。ぽっぽぉ、ぽっぽぉ、と」

見張りの目を盗んで、いつもの鳩笛を吹いたのだ。先ほどの飴といい、あのいたずらっ子たちらしい助けの求め方ではないか。

現在、こちらの手勢は同心、岡っ引きなど合わせて十名のみ。他の場所にも人手を分散していたためにこの数となった。

だが屋敷の中には二十人以上がいるという。しかも、うち一人はあの人喰い半佐だ。

本来ならば応援を求めたいところであったが、明け六つまで時間がない。

「やむかたなし。皆の衆、衝くぞ」

衝く、は突入の意。建物を密かに包囲するや、合図と共に一気に踏み込む。

危険だが、孫らを助け出すには他になかった。

＊＊＊

夜明けの六つの鐘が鳴る。

半佐は、いつものニタリ顔で耳を澄ました。

「さて、奉行が要求を飲むのなら、半鐘が二度鳴る手筈だが……」

しかし刻を知らせる鐘のみで、ジャンジャンという半鐘は聞こえない。

「……鳴らぬか。ま、アテにはしてなかったがね」

つまりは交渉決裂。奉行は要求を飲まなかったということだ。老人はニタニタしつつも空虚な瞳で、とらの面貌をジッと見つめる。

「おとら坊、残念だが死んでもらうよ。もちろん、おまけの子も一緒だ。——本当はアタシだって殺したくない。お前はアタシにとって特別な子なのだからね」

「…………」

とらは、顔を伏せたまま無言でいた。

怯えているのか。あるいは怒りや恨みで滾っているのか。少女が俯いていたため、半佐には表情を読み取ることはできなかったが……、

「……おや？」

代わりに、頭に気づいた。その髪に。

やはり老いには逆らえないのか。もっと早く気づくべきであった。——あるべきものが、消えていた。

「おとら坊……？　お前、かんざしはどうしたね？」

ざっと七、八本はあったのに、今は一本も挿さっていない。

とらが顔を上げると、口元はにいっと笑っていた。

「壊れたから捨てたの。七本とも。——先っぽで縄を切ってたら折れちゃったのよ」

次の瞬間——。少女らを縛っていた縄がほどけた。

「——ッ？」

あまりのことに息を飲む。百戦錬磨の忍びにすら、これはさすがに意外であった。

——まさか子供たちが密かにかんざしを使って縄を切り、逃げる機会を窺っていたとは。

とらとくまは解き放たれて、半佐の入ってきた戸口へと駆ける。

目の前にはこの人喰い爺がおり、とても好機とは言い難い。しかし今を逃せば殺されるだけ。この機をおいて他にあるまい。

「おっと、逃がすもんかね」

半佐は二人を捕らえるべく手を伸ばす。すると、

——ちくり。

と、突き出した左手に何かが刺さった。

「騙して御免ね。本当はかんざし、八本あったの。こうするためにね」

またも、かんざし。しかも先を尖らせ武器にしていた。

この程度の傷、どうということもなかったが——おまけのくまを見て、老人は頭巾から覗く目を、ほんのわずかに見開いた。

くまの手にあったのは、ぼろぼろに砕けた飴花魁であったのだ。

（——？　さては、毒か！）

あの飴の毒を、かんざしの先に塗っていたのか？　だとすれば、どれほどの効果が？　青酸の毒は飲まねば害はないと聞いているが本当か？

半佐は着物の袖をめくりあげ、傷口を確認しようとする——。

（いや……違う。かんざしの先程度の量で、さほどの効果は望めまい。さては毒そのものでなく、狼狽させて隙を作るのが目的か）

瞬時にそれを悟るや腕まくりはあとにして、逃げていくとらたちを追う。

とらとくまは既に納屋を飛び出していたが、年寄りとは思えぬほどの健脚ですぐに追いつき、背後から少女の細い足を狙って、勢いよく蹴りつけた。

膝裏砕きの一撃だ。とらは、

「うッ」

と鈍い悲鳴を発して、朝露まみれの地べたへと倒れ込む。しばらく足は動くまい。

「おとら坊や、最後に手間をかけたものだね」

「そう? でも、手間ならこれからもっとかかるわよ。――あんた、ほんとは忍びの者じゃないんでしょ? 忍びだとしても、たいしたことない半端者のはずよ」

「急になんだね? なぜそう思う?」

「だって、いっつも目の前のことにこだわりすぎてるんだもの。あちしに夢中で、まわりで起こってること少しも気にかけてない。そんな人に忍びが務まるはずないわ」

周囲は、ずっと喧騒であった。納屋の中にも聞こえていた。

奉行所の捕り方たちが、夜明けと共に踏み込んだのだ。頭領を呼ぶ声すらもしていたというのに。

それどころか目の前でも、さっきからくまが鳩笛を吹いている。――なのに、この老人は気づいていない。その空虚に笑う瞳は、ただただとらのみを見つめていた。

他には何も見えていなかった。

間近に迫る脅威さえも。

「──孫から離れよ、人喰いめ」

笛の音で駆けつけたのは、同心沖田柄十郎。

人呼んで、人斬り柄十郎。──半佐にとっては因縁の相手だ。

捌「親亀子亀」

最初、沖田は孫たちのいる納屋を見つけることができなかった。

（――ええい、なんとだだっぴろい百姓家。泥鰌捕りで財を成したというが、どれだけ沼の泥鰌を掬えばこんな屋敷が建つというのだ）

この百姓屋敷はやたらと広く、納屋だけでも三つある。

探し回っているうちに明け六つの鐘は鳴り終わり、『間に合わなかったか』と沖田は絶望の底に叩き込まれた。

だが、そんな中……、

――ぽっぽぉ、ぽっぽぉ。

かすかに屋敷裏から、いつもの下手糞な鳩笛が聞こえたのだ。まるで観音様が鳩に化け、憐れな年寄り同心を導いてくれたかのよう。

彼は小鳥の声に導かれるまま奥の目立たぬ納屋へと向かい――そして、今に至る。

「孫から離れよ、人喰いめ」

間に合った。

とらもくまもまだ無事だ。とらは地面に倒れ、人喰い半佐に追い詰められてはいたが、兇手にかけられる前になんとか駆けつけることができた。

ほんのわずかでも遅れていれば、孫らの命はなかったはずだ。

「来たかい、人斬り殿」

「おう、来たともさ人喰いよ。――半佐、貴様は変わらぬな」

黒装束に黒頭巾、覗く目元は皺だらけで、虚ろな瞳でずっとニタニタ笑っている。以前と全く同じ姿だ。もとから年寄りだったとはいえ、もう十数年も経っているというのに当時よりも老いている様子がなかった。

まるで翁のまま永遠の刻を生き続けているかのようだ。さすが妖怪めいた男だけあって現世の者とは思えない。

「ははは。人斬り殿よ、お前さんは老けたねえ」

「普通なら隠居の歳であるからな。もう孫と遊ぶのだけが楽しみのジジイよ。――なので、その子らを返してもらおう」

あの十数年前の夜と同じように、二人は向き合い、各々の得物へ手を伸ばす。

人喰いは懐へ。着物の膨らみからして匕首（あいくち）であろうか。

人斬りは腰へ。十手ではなく刀を掴んだ。

だが、そこに――、

「――頭領（おかしら）、ここにいやしたか！」

「――人喰い半佐、御用であるぞ！」

半佐の乾分どもと、雷公加藤率いる捕り方一同、双方まとめて雪崩（なだ）れ込む。

人数で圧倒しながらも頭領の腕を頼りとする人喰い一味と、半佐を仇敵（きゅうてき）として追う加藤たち。いずれも、この老人のもとへと辿り着くのは必然であった。

すぐさま周囲一帯は乱戦となる。

「――沖田様、お孫様を連れてお退（ひ）きくだされ」

捕り方側の一人が進言してきた。おそらく誰かの岡っ引きであろう。たしかに、この者の言う通り。今は孫たちの身が最優先だ。

「とらや、立てるかい？　くまもおいで。ここから逃げるよ」

手を差し伸べると、とらは必死に摑んで立ち上がる。

「歩けるかね？」

「……ううん、駄目みたい」

膝を痛め、立つことすらろくにできない様子であった。ならば仕方ない。

申し訳なさで泣き出しそうなとらへ、沖田は背を向けると――、

「お乗り。おんぶだ」

孫をおぶっていくことにした。

「じいじ様、いいの？　とらをおぶるのはもう無理って言ってたのに……」

「いいから、さっさと乗るのだ。急いで！」

強く促すと、十二歳の孫娘はおそるおそる背中に乗る。

さすがに重い。命の重みだ。腰と膝にズシンとくる。――だが、それでも必死に背負って走り出す。

「行くぞ。くまも、こっちに来るのだ」

火事場の馬鹿力というやつだ。こんな大きな子をおぶったままで駆けられるとは、自分でも意外であった。

沖田は孫二人と共に乱戦の場から距離を取る。——と同時に傷の手当て用のさらし布を使い、駆け足のまま器用にとらの胴を自分の背中に結わえつけた。

戦場で負傷者を運ぶための技であり、こうすると運ぶ側も運ばれる側も体に負担がかからない。彼の世代の武士ならば皆、前髪時代に父親から教わる。

(まさか実戦で使うとは……。若いころになんでも習っておくものだ)

おかげで腰が楽になり、精神にも余裕ができた。

振り返って後ろを見れば、どうやら奉行所の捕り方たちが優勢だ。人数は半佐一味の半数以下のはずであるのに皆、よくやってくれている。

これならば安心と、わずかに足の速度を緩めたそんなとき……。

「祖父殿、お急ぎを！　止まってはいけません！」

横を走っていたくまが、何かを見て声を上げた。

直後、沖田ととらもそれを目にする。——こちらへ向かって来る人喰い半佐を。

乾分どもを一切助けることなく、ただ単身にて沖田たちを追ってきたのだ。

「半佐――？　何ゆえ、そうまで儂らを狙う⁉」

　捕り方側が優勢なのは、この頭領が手下どもを見捨てたためであったのだ。一党で最も強い老忍びが指揮も執らずに離れれば、戦況は不利にもなろう。

　沖田はすぐに追いつかれる。孫を背負いながらでは当然だ。

「もう逃げられんよ、人斬り殿よ」

　前へと回り込んだ人喰い半佐は、いつものようにニタニタ笑う。

　その両眼は普段のように虚無でなく、不気味な光を放っていた。

　殺す気だ。――この人喰い爺は他者の命を奪うときにだけ瞳に命が宿るのだ。沖田はあの夜に見て、知っていた。

「……とらや、下りなさい」

　老同心は、背から孫を下ろそうとするが、

「待って、結び目が！」

　迂闊であった。つい先ほど固結びでくくりつけたばかりでないか。

「じいじ様、刀貸して！　さらし布を切るから！」

「いいや……。このままでいなさい。しっかり摑まっているのだよ」

　下りたところで、とらは歩けぬ。半佐は沖田に隙を作らせるため、地を這うこの子を狙うであろう。

それならば、こうして身を合わせていた方がまだしも安心というものだ。斬られるときは、孫をかばって先に死ねる。

「人斬り殿よ、重くないかね？」

「重いとも。大事な孫であるからな」

沖田は刀に手を伸ばす。――十手にすべきか迷ったが、生かす気でやり合えるような相手ではない。

抜くと、刃にぎらりと朝日が反射した。手入れ以外で外気に触れさせるのは、もう何年ぶりのことであろうか。構えは正眼。両手に鉄の重みがかかる。

「はは、懐かしや。斬られた傷が疼いてきたぞ」

そう笑って目を輝かす半佐は、まだ得物を手にしていない。両手をだらりと下げていた。――しかし、だからこそ動きは読めぬ。在るのは猛烈な殺気のみ。

これこそが〝人喰い〟と呼ばれる構え。

居合い術の一種である。その懐や袖口には、武器とおぼしき膨らみがあった。いわゆる暗器。隠し武器。いざ殺すという際に、それらを瞬時に抜き放つのだ。

「人喰いよ、貴様も懐かしいぞ」

「さもありなん、さもありなん」

子負いの正眼と、だらりの居合い。

互いに異形の構えで相対し、その場を一歩も動かない。夜明け直後の太陽だけがジワリジワリと昇っていく。

動かぬ理由はそれぞれ別だ。

沖田は、動けぬ。動かぬのではない。背中のとらが重く、素早く歩を移すことができなかった。

そのため自ずと、相手が踏み込んできたところを狙って斬る、という形になる。

一方、半佐は動かぬ。沖田の狙いがわかっているため、自ら踏み出すことはない。待てばそれだけ相手は疲れ、弱くなっていくのだから。

この戦い、身軽な半佐が有利であった。

沖田の背中で、とらが泣く。

「ごめんなさい……。あちし、邪魔ばかりして――。じいじ様に迷惑かけて……」

その涙声に返事をしたのは、正面に立つ兇翁(きょうおう)であった。

「ははは。そうだとも、おとら坊。これほど大きな騒ぎになったのは、全てお前のせいなのだよ。――お前が可愛いのがいけないのさ」

言葉と共に、半佐は半歩だけじりりと前へ。

間合いへは入らない。攻撃を誘っているのだ。——もし沖田が堪えきれず、先に動けば勝負は決まる。

「おとら坊や、お前の祖父である先代藤林道順は、このアタシの弟弟子でね。アタシは修行の途中で逃げ出したが、あいつのことはずっと気にかけてやっていた。——そんな道順の孫だ。お前も可愛い。アタシにとっても孫みたいなものなんだよ」

「藤林のじいじ様の、兄弟子……？」

「だから、つい心を乱し、ことを大きくしてしまった。本当なら贋金の秘密を探る子供なんぞ、さっさとぶっ殺してしまうのに。——つまり、そこの人斬り殿を巻き込んだのはお前なのだ。孫の可愛さでじいじ様は死ぬのさ」

沖田は、とらの下から、

「黙れ」

と制した。

「とらや、あんなやつの言葉に耳を貸してはいけないよ。それに、儂に謝る必要もない。お前が邪魔なはずなどなかろう」

「でも……」

「本当だ。邪魔どころか、うんと役に立っておる。——お前がいるから、今、この儂が刀を握って立てるのだ」

沖田にとって嘘偽りのない真実だ。窓際で居眠りするしか能のない老いぼれを、こうして奮い立たせたのは孫のとらとくまであったのだから。老人とは、男とは、そういうものであるのだろう。

半佐は『孫の可愛さでじいじ様は死ぬ』と言っていたが、沖田を生き返らせたのも同じく孫の可愛さであった。

「だから、とら、泣いてはいけないよ。元気をお出し」

背の上で、元気よく「うんっ」と返事があった。

「ありがとう、じいじ様……。元気出たよ。——それに人喰い半佐、あんたのおかげでも元気出た」

「ほう、アタシのおかげ？」

少女の言葉に、老人二人はキョトンとなる。

「ええ。実はあちし、半佐が死んだはずの藤林のじいじ様じゃないかと疑ってたの。忍びの者だなんて言うから。人殺しの盗賊でも、殺したら父上が悲しむんじゃないかと遠慮してたのよ。——でも違うんなら、もう平気！」

沖田の背中で、とらは懐から何かを取り出した。

それは、微塵錘。

本来なら鉄鎖と分銅であるはずだが、これは縄と石でできていた。——囚われのとらたちが納屋の中で、自分を縛っていた縄と落ちていた石ころを使って急ごしらえしたものだ。

失われた忍びの武器を、少女は勢いよく振り回す。

祖父の背におぶわれたままでだ。——沖田の頭上で、石と縄がビュンビュンと風を切る。

「じいじ様、下段！」

「うむ、なるほど」

刀が邪魔にならぬよう、沖田は下段で構え直す。障害物が消えたことで錘の回転は速度を増した。

（ほう……。これは意外と馬鹿にできんな）

思わず、沖田はほくそ笑む。

状況は好転した。微塵錘は武器の性質上、先に動けば不利となる。この点は今までと変わらない。——しかし、これまで『動けば負け』は沖田のみに課せられた制約であった。

もう違う。

今や、半佐も同様だ。動けば縄に搦めとられる。同じ土俵に立っていた。

（いや、それより何より——心強さがまるで違う）

これまで、ただの重石でしかなかった孫が、今は共に戦ってくれるのだ。

負けることなどあるはずがない。心だけなら、もう勝っていた。

「じいじ様、前！」

「任せよ」

今度は逆に、沖田がジリジリと前へ詰める。

半佐は動けない。今にも互いの間合いに入るというのに。とらの武器を警戒し、後ろに退くことも武器を抜くこともできずにいた。

一流武芸者同士の決闘は、詰め将棋に似るという。

「半歩、前」

「うむ」

言われるままに、もう半歩寄る。

間合いに入った。剣がぎりぎり届く距離。

半佐は、動かざるを得まい。動かずにいれば沖田が斬る。無論、前に出ても同じこと。

しかし、もし後ろに退けば、とらの微塵鎖が搦め捕る。

並みの者なら、ここで詰みだ。だが歴戦の忍びである人喰い半佐には、まだ奥の手があった。追い詰められてからの起死の一手が。

「人斬り殿、おとら坊、見るがよい」

怪翁の双眸が、かっ、と見開き、右手が懐へと入ったのだ。

武器を抜くのか？——しかし、それこそが罠である。

この動作は、敵を誘うための引き込みだ。先に動けば微塵鎚は避けられて、全ては水の泡と化す。

かといって一切動かずにいれば、半佐に暗器を抜く間を与える。優位にいたはずの沖田ととらは、逆に王手をかけられていた。

沖田の背で、とらがぐいっと体に力を籠めた。微塵鎚を投げつけようとしていたのだ。緊張で全身をがちがちに強張らせながら。

重心の取り方で、沖田にはわかる。とらは相手の右手を警戒していた。

「否——違う。とらよ、左だ！」

老同心は思い出す。昔、彼奴の右手に傷を負わせた。今握っているこの刀でだ。

——あの深さでは今もまともに動かせぬはず。右手の動作は囮にすぎない。

その証拠に新米岡っ引きの彦五郎も、右の肩を負傷していたではないか。つまりは左手で斬られていたのだ。

沖田の言葉で、とらの重心は逆側に移る。緊張の強張りは既に無かった。——と同時に案の定、半佐の左親指から礫が飛ぶ。狙いは、少女の顔面だ。

とらは半身をよじり、最小限の動作で礫をかわす。

攻撃を避けられるのは、攻撃を受けるよりも気力を大きく殺がれるもの。そんな半佐の隙を突き……、

「やあッ！」

今度はとらが気合一閃。微塵錘を投げつける。

これは沖田に読めぬ一手であった。半佐も同じであったろう。

たしかに礫を外して隙はできたが体勢を崩したわけではない。縄と石ころくらい避けるのは容易であった。

人喰い半佐は、真後ろに跳んで身をかわす。

後ろに退いたのは必然だ。前には沖田が待ち受けるのだから。こうして既に武器を

放った以上は、離れた敵に対する術はない。

　だが、ここで少女は、老人たちに予想もつかぬ二音を発する——。

「——くま！」

　微塵鎚は、二本あった。

　縛られていた子供が二人いたのだから、材料の縄も二本ある。——草むらに身を潜めていたくまは、自分の名を呼ぶ声に応じ、

「ｊａっ！」

　と第二の微塵鎚を投げつけた。

　賢く、なんでもできる子だ。昨日とらの稽古を覗き、この珍しい道具の投げ方は学んだ。縄と石の手作り武器は回転しながら宙を舞い、くるくると半佐の足に巻きついていく。

　これで、詰み。

　動けず倒れた人喰い半佐の額に、沖田は渾身の一撃を加えた。——白刃ではなく、十手でだ。憎っくき悪党ではあったが、孫たちに殺しを見せたくはない。

いや、殺す自分を見せたくなかった。

（……ありがたや。また孫たちに救われたか）

おかげで人斬りに戻らず済んだ。

＊＊＊

一息つくと、腰や膝に激痛が走った。胸も苦しい。

（我ながら、勇ましいことをしたものだ。六十五のする蛮勇ではあるまい）

だが、爺だからこその蛮勇でもある。

祖父や祖母というものは、孫のためならどんな危険でも冒すことができるのだ。これは年寄りという生き物ならば誰もが同じに決まっていよう。

たまに沖田は『ただ祖父というだけで孫に好かれてよいのだろうか』と思い悩むことがあった。――しかし、もしかすると世の孫たちも『祖父母は命がけで自分を守ってくれる』と本能にて知っており、だからこそ懐いてくれているのかもしれない。

人知を超えた、自然の摂理というものか。

心地よい疲労の中、沖田は何かを悟った気がした。

人喰い半佐の乾分たちが全員捕らえられたのは、それから四半刻も経たぬ間。

捕り方は十名、賊一味は二十二名という人数差がありながら、たいした負傷者を出すこともなく、捕り逃しもいなかった。奇跡と言えよう。

「皆々方、このたびはありがたや。――にしても加藤殿の采配、見事でござった」

沖田が褒めると、雷公殿はこの男らしくなく照れ臭そうな顔をした。

「これが不思議なもので、まるで十名しかおらぬ捕り方が二十名、三十名にもなったかのように皆、獅子奮迅(ししふんじん)の活躍をしてくれたのです」

「いやいや、それこそが采配というもの。一人の味方を二人分、三人分にも活かしたということですからな」

そう口にはしたものの、真相は別にあることを沖田は薄々察していた。

(なるほど、さては……)

孫たち二人に目をやれば、どちらも迎えにきた親と一緒にいた。

癇癪持ちの久喜も、理知に溢れる石英も、我が子に抱きつき泣いている。――くまは泣いてはいなかったが、両親の涙を前に、さすがに申し訳なさそうな面持ちをしていた。

一方とらのもとには、身重の登喜のみが来ていたが、

「この馬鹿、どれほど心配したと思っているの！」

一喝と共に、頬を平手で張られていた。

気丈なとらが、また泣いていた。痛かったからではあるまい。くまと同じく迷惑をかけたことを反省していたのと、さらには『よかった、心配されていた』という安らぎであったのだろう。涙で頬を濡らしながらも、その表情はどこか満ち足りたものであった。

「ほら、とら、じいじ様にも謝っておいでなさい」

「うん……」

母に促され、おそるおそる沖田のもとへやって来る。

そして、深々と頭を下げた。よく深い辞儀のことを『腰をくの字にして』などと言うが、それどころではない。『フ』の字や『つ』の字くらいに曲げていた。

「ごめんなさい、迷惑かけて……。じいじ様、とらのこと嫌いになった？　もう遊びに行っちゃ駄目？」

小さな肩が震えていた。まるで風に揺られる野の花のよう。

沖田は、かんざしを失くした頭を撫でてやる。

「嫌いになんかなるものかね。謝れたならそれでよい。それとな、登喜が……母上がお前を気にかけているのはわかったろう？」

「……うん」

とらは『赤ん坊が産まれたら、自分を構ってくれなくなるのでは』と不安でたまらず、それで祖父のもとに足しげく通っていたのだ。そのくらい沖田も気がついていた。

しかし、この子は今、母に叱られ、ちゃんと愛情を注がれていると理解したはず。

「だから、もう余計なことで怖がらなくていいのだよ。登喜はいい子だ。とらと赤ん坊、両方を分け隔てなく可愛がってくれるに決まってる。——ただ、しばらくは忙しくて構ってくれない日もあるかもしれん。そのときはいつでも遊びにおいで」

「うんっ」

震えは止まり、上げた顔は春のお日様のようであった。

「それじゃあ、とらや、今から捕り方のおじさんたちにお礼を言って回ろうか。くま、お前もこっちにおいで」

沖田は孫二人と共にお礼回りをするうちに、奇妙な岡っ引きが混じっているのに気がついた。

その岡っ引きは手ぬぐいでほっかむりをしていたが、覗く顔に見覚えがある。

「オイ、そこの——」

声をかけると男はそそくさと遠ざかる。いかにも怪しい振る舞いであった。

(さては、やはり……)

「とら、くま、あとはお前たちだけで続けなさい」

孫たちを置いて、沖田は一人、ほっかむりの男を追う。騒ぎにはしない。他の捕り方には気づかれぬよう静かに寄る。男も早足で逃げ続ける。

やがて、もとの場所からだいぶ離れたあたりで、声を潜めて呼びかけた。

「逃げずともよい。道順殿であろう?」

男は観念し、足を止めて手ぬぐいを外す。

「……義父上殿、ご無沙汰(ぶさた)しております」

そこにあったのは傷だらけの厳つい顔。——とらの父、当代藤林道順であったのだ。

「来ておったのだな。しかも岡っ引き姿でとは。さては人喰い一味退治のときから捕り方側に混じっておったな?」

「は、いかにも……」

「貴殿だけではあるまい。道場の門人たちもそこらにおるのであろう?」

「さすが、お見通しでございましたか。総勢十五名、連れてきております」

やはり、だ。沖田は合点がいった。

同心三席の雷公加藤は『まるで十名しかおらぬ捕り方が二十名、三十名にもなったかのよう』と言っていた。――これは皆の砕身だけによるものではない。

実際に、もう十五名、味方がいたのだ。

道順の連れてきた、忍びもどきの門人たちが。

（そういえば、納屋の前で見知らぬ岡っ引きに『お孫様を連れてお退きくだされ』と進言されたが――）

今思えば、この厳つい娘婿であった気がする。

「そうであったか……。道順殿、感謝いたす。――しかし、なぜコソコソ隠れて加勢してくれたのだ？　いや、そもそもいつからいた？」

「ずっと……。一昨日の夜は娘に見つかりました」

夜中、学者たちの飴作りを隠れて見張っていたところを勘づかれ、危うく微塵錘で捕らえられるところであったという。

頭巾姿であったため、とらは半佐だったと思っているようであったが、本当は自分の父親であったのだ。

「昨日も、拙者と門人で見張っていたのに、わずかな隙に攫われてしまい――」

「つまり何日も前から、陰で娘を見守っていたというわけか。しかし、やはり解せぬ。隠れて加勢したのは何ゆえに？」

いや、それどころか密かに見守るのでなく、最初から堂々と沖田やとらを手伝ってくれていれば、攫われる隙すらできなかったであろうに。

それを問うと、厳つい武芸指南役は叱られた子供のように目を伏せ、うんと声を落として返事をする。

「……義父上殿が助けた方が、とらが喜ぶと思いまして」

「――？　貴殿、何を言っておるのだ？」

「拙者、あまり娘に好かれていないようなのです。顔を合わせるたびに、いつも気まずくなり……。なので顔を合わせず陰から助けてやろうと」

「馬鹿者めが！」

古の剣豪を思わす風貌でありながら、不器用で心の弱い父親であった。

この男は娘と向き合うことを恐れ、その結果、娘が無茶をして危険に陥る羽目になったというわけだ。あまりにも愚かしい。

沖田は、この場で延々と説教してやろうと思ったが――、

（……いや、儂も言えた義理ではないか）

昔の自分を思い出し、口をつぐんだ。

若いころは、沖田も自分の子供が怖かった。どう接していいのかわからずに。

おかげで妻には苦労をさせたし、娘たちの可愛い盛りを見逃してしまった。道順同様、愚かであった。

（娘婿殿も、いずれ後悔するのであろう。――いや、既にしておるのか）

この男は、たしか先代道順の養子であったはず。幼いころに実の両親から引き離され、肉親の愛を知らずに育った。我が子への怯えは沖田以上であるはずだ。不器用なのも仕方あるまい。

しかし、いつか彼も家族に心を開ける日が来れば、と沖田は思う。

自分はうんと時間がかかってしまったが――。

「まあ、よい。道順殿が自らどうにかするがよい」

「は……」

どうせ他人が言っても意味がない。言葉で伝わる程度のことは、とうにわかっているはずだ。

気がつけば、日は昇りきっていた。

「では、すまぬが儂は一旦これにて。やらねばならぬことがあるのでな」

改めて一同に礼を告げ、沖田は一度、屋敷に向かう。

（……最後に、素晴らしい思いをした）

老人の残り少ない人生にとって、一番の幸せは孫である。——その思いは変わっていない。

幼い孫。成長する孫。喜ぶ孫。失敗して泣く孫。恋する孫。いずれも枯れた心を満たしてくれる。

しかし、同じくらいの『一番の幸せ』もある。今回の件で知ることができた。

共に仕事をしていた皆が、口には出さぬが自分を高く評価し、ずっと慕ってくれていた。それがわかった。働く男にとって、これほど嬉しいことはない。

（もしかすると、これは死に際に見る刹那の夢であるかもしれぬな）

孫が未来の夢なら、栄光は過去の夢。

両方を今、沖田は見ていた。

「旦那、行かれるんですかい？」

いつの間にか、サンノジが横を歩いていた。

「どうした、心配そうな顔をしおって？　ああ、そうか。さては貴様、知っておるのだな。天井裏で、お咲とのやり取りを聞いておったか」

「へえ。あっしは反対でごぜえやす」

「なあに、いい夢を見たのだ。二度寝とするさ」

沖田には最後に一つだけ、すべきことが残っていた。

＊＊＊

沖田が奉行所に現れたのは半刻後。

屋敷で白裃に着替えたのちだ。

「お奉行、ご無礼を」

奉行の部屋の前へ行き、返事も待たずに襖を開ける。

中では出仕したばかりの甲斐守がいつものように文箱に囲まれ、何やら書状を記していた。――予想していたことなのか、あるいはまるで興味がないのか、老同心の死装束を一瞥（いちべつ）するや、

「沖田か。物々しい姿だな」

とだけ口にし、また手元の文書へと視線を戻す。

「して、何用だ？」

「は。今回の一件、責は拙者一人にございます。――何卒、他の者についてはお咎めなきよう、ご配慮いただきたく……」

自分が間違ったことをしたとは思わぬ。

しかし命令に背き、人喰い一味を捕らえたのだ。誰かが責を負う必要がある。孫や子や婿、仕事仲間を守って腹を切れるというのなら、これもまた喜びであろう。

「ついでながら人喰い半佐の一味、公正なお裁きを。どうか手心など加えませぬようお頼み申しあげまする」

これもまた身内や仲間の命と同じく忘れてはならぬこと。――せっかく捕らえた半佐一味を贋金目当てで赦免せぬよう、沖田は釘を刺したのだ。

「欲張りなついでであるな。腹一つでそこまで望むか？」

「駄目でございましょうか？」

ならば、こちらにも考えがある。――老いたりとはいえ人斬り柄十郎。脇差一本あれば悪徳奉行の一人や二人、すぐにも命を奪ってくれよう。

わざわざ言葉になどせぬが沖田は目だけでそれを伝えた。

仁王のように睨む瞳で。

奉行は書き終えた書状を赤漆の文箱に仕舞ったのち、やはり視線を合わせぬまま返事をする。

「フム……。よかろう。一味は公正に裁く。半佐の奴めは獄門台へ送るとしよう」

「よろしいので？」

「人喰い銀は砂糖をまぶせば贋金と判る。お主の娘婿が見つけた手法だ。そのようながらくた、とても国家の大計には使えぬ。惜しくはない」

意外であった。石英ら学者衆のおかげで、江戸中を震え上がらせた兇賊に死をもたらすことができるとは。

だが、さらに意外であるのは、この先だ。

「なので腹も切るには及ばぬ。大計が叶わぬ以上、一人でも同心を失うのは損でしかない。――勿体ない」

「なんと！」

沖田の身内と仲間、おまけに自分の腹まで守ったのは、学者たちの実験と、奉行の計算高さであったのだ。

しかも、奉行の言葉には続きがあった。

「小鳥、と皆は呼んでおるそうだな？」

やっと顔を上げ、目と目が合った。

「は？　孫たちのことでございますか？」

「そうだ。この鳥居甲斐にも孫がおる」

初めて聞いた話であった。沖田のみならず、騒ぎを聞いて駆けつけた内与力の二人さえも。

むしろ逆に『長年子宝に恵まれず苦労している』と噂されていたというのに。

「故あって会うことができずにおる。――なので小鳥の話を聞くと、まるで自分の孫のように愛おしく思えるのだ。我が孫娘も今ごろあのように笛でも吹いているのだろうか、とな」

「は……」

「それ故、お主は腹を切るに及ばぬ。孫に感謝するがいい」

沖田は床に手をついて、深々と頭を下げた。

「……ありがたき幸せにござります」

涙の雫（しずく）が畳を濡らす。

またも孫らの可愛さに救われた。

＊＊＊

甲斐守には息子がいた。

若いころ、前妻との間に作った子だ。――ただし一緒に暮らしたのは五つまで。

公儀に『忍びの素質があるから』と、養子として召し上げられてしまったのだ。

忍びの制度は苦心の末に潰したが、今も会うことは許されていない。

孫にもだ。

（……沖田め、憎たらしいやつよ）

孫のとらは十二歳。お転婆だが美しい娘に育った。

鵺と呼ばれた老人は、母方の祖父が妬ましい。

終

翌日から、沖田は窓際同心に戻った。

また同心部屋の隅にてウツラウツラとしていると、

「沖田殿、居眠りですかな」

「アッ、これは加藤殿、面目ございらん」

以前と同じく、雷公加藤に叱られた。

だが気のせいか、怒り方は前より優しい。——あるいは、こちらの気持ちに余裕があるから、そのように感じるだけであったのだろうか。

「まったく、お気をつけなされ……。それより沖田殿はご存知でしたか？　殺された男装飴売り、千吉の話」

「ハテ、どんな話ですかな？」

「あの女、遊郭から逃げた女郎であったのです」

なるほど、と合点がいった。

だからわざわざ男装し、その上、白塗りで顔を隠していたのだ。

「ですが加藤殿、そこいらの素人娘ならばともかく遊女が白塗りでは、さほどの変装にはならぬのでありますまいか？　もとから白粉顔でありましょうに」

しかも、飴売りなどという目立つ商売を選ぶとは。

「それは拙者にもわかりませぬ。おまけにあの者、女郎屋での名は千鳥。――せっかく身を隠しているというのに〝ちどりの千吉〟などと名乗るとは、見つけてくれと言わんばかりでありましょうに」

「たしかに。本当に解せぬものですな」

そう答えはしたものの、沖田には茫とだが理解できるような気もした。

千吉は、見つかりたかったのかもしれぬ。

遊郭という苦しくも華やかな世界で生きる女には、たまに見られる心境であった。人の目を集めたい。ここにいるぞと叫びたい。――しかし、今の自分は逃げ隠れせねばならぬ身の上。戻りたいわけでもなく、今さら戻れるはずもない。

そんな葛藤が、あの者にちどりの千吉などと名乗らせたのだろう。

（青い目の飴玉太夫、どんなつもりで飾っていたのやら）

こんな歳でも、なお女心は複雑怪奇だ。

気がつけば窓の外では、

――ぽっぽぉ、ぽっぽぉ。

――ぽっぽぉ、ぽっぽぉ。

と、お馴染(なじ)みのぶきっちょな土鳩が鳴いていた。

「失敬、加藤殿。少々席を外しますぞ」

「ええ、ごゆるりと」

さすがに『ごゆるりと』はおかしいと思ったか、雷公殿は自分の言葉に対し、何やらばつの悪そうな面相をしていた。

＊＊＊

門を出て塀沿いにぐるりと歩くと、そこにいたのは愛らしい小鳥たち。

「おや、鳩だと思ったら、よく見知った娘らではないか。すっかり騙されてしまったわ」

「あっ。じいじ様、やっと来た」

「祖父殿、お待ちしておりました」

とらは痛めた足に膏薬を貼ってはいたが、もう平気で歩けるらしい。くまも半佐に殴られた顔の腫れは引き、綺麗な顔立ちに戻っていた。

子供というのは怪我の治りが早いものだ。感心する。

いずれも、すっかり元通り。

以前となんら変わっていない。安心だ。これほど落ち着くことはない。

あえて異なる点を挙げるとすれば、とらの挿しているかんざしが、たった二本になっていたこと。

いつも朱いくまの手絡が、今日は蒲公英やかすていらを思わす黄色であったこと。

それと——、

「聞いて、じいじ様。くまが意地悪なのよ。こいつ、囚われてるときに何か大事なことを言おうとしてたのに、何を言う気だったのかちっとも教えてくれないの」

「一度言いそびれたのですから、今さら言うことではございません。いつか気が乗ったら申します。——それより祖父殿、この手絡はいかがでしょう？　これの房と合うように、普段と色を変えてみました」

「う……うむ、似合っておるぞ。だが、そうでなく――」

　気になるのは、頭ではなく腰であった。

「お前たち、帯に差しているのは、なんなのだね？」

　沖田が訊くと、二人は、

「へへん」

　と得意げな笑みを浮かべた。

「もちろん、十手よ。見て、とらのは房が桜色」

「くまのは房が黄色です。どうやら似合う色を選んでくれたようなのです」

　前に差していた木製ではない。

　鉄製の――やや小ぶりではあるが本物だ。形でわかる。町奉行所の十手持ちだけが所持を許される、身分証代わりの『正式な十手』であった。

「二人とも、これをどうしたのだね？」

「今朝がた、奉行所から届いたのよ」

「こちらの文（ふみ）も一緒です」

　ただの手紙ではなく、公印の押された書状だ。

入れられていた赤漆の文箱には見覚えがある。沖田が白袢で乗り込んだ際、奉行の手元に置かれていたものだった。

（では、あのとき書いておられたものか）

だとすれば、孫たちの腰にあるのは褒美であるのか、あるいは嫌がらせの罰であったのか。

書面には、以下のように書かれていた。


此れなる者、藤林道順が子とら、ならびに安倍石英が子くま、当職の権にて御役目申し付けしもの也

南町奉行　鳥居甲斐守忠耀（ただてる）

つまりは手札。任命書。

二人は、憧れの岡っ引きに任じられたのだ。それも奉行直々に。

「これで、とらはいつでもじいじ様と一緒よ」

「くまもです。いつでもとら姉と一緒にいます」

沖田は、はは、と苦笑い。

きっと二人の母たちから、また危ない目に遭わせる気か、と怒鳴り込まれることであろう。自分としても昨日の今日だ。しばらくハラハラしたくない。

ただ、その一方で――、

(ずっと一緒か。これほど嬉しいことはない)

やはり年寄りにとって孫に好かれる以上の幸せはない。遊びに来てくれてありがたや、だ。

「よかろう、今日からお前たちは儂の手下。うんと働かせるから覚悟するのだぞ」

孫たちは、はいっ、と元気よく返事をした。


遠くから、かすかに飴細工売りの口上が聞こえた。

「――さぁさ子供衆、買うたり買うたり。あめの小鳥じゃ、あめェ小鳥じゃ」

江戸の市中は駄菓子の国だ。

春風の吹くこの季節ともなれば、気のせいか、砂糖の香りが家の中までぷんと漂って来そうなほど。全てが甘く、子供っぽい。

だが、中でも一番甘ったるいのは、孫を前にした年寄りの心魂であったろう。

(はは。しあわせすぎて、またも死に際に見る夢のようだ)

栄光が消えゆく過去の夢なら、孫は結末を知ることのできぬ未来の夢。
両方を今、沖田は見ていた。
とらは十二、くまは九つ。二人ともよい子に育った。
孫は、老人の人生を甘やかしてくれる。

小学館文庫
好評既刊

勘定侍 柳生真剣勝負〈一〉 召喚

上田秀人

ISBN978-4-09-406743-9

大坂一と言われる唐物問屋淡海(おうみ)屋の孫・一夜は、突然現れた柳生家の者に御家を救えと、無理やり召し出された。ことは、惣目付(そうめつけ)の柳生宗矩(むねのり)が老中・堀田加賀守(かがのかみ)より伝えられた、四千石の加増にはじまる。本禄と合わせて一万石、晴れて大名となった柳生家。が、大名を監察する惣目付が大名になっては都合が悪い。案の定、宗矩は役目を解かれ、監察される側に立たされてしまう。惣目付時代に買った恨みから、難癖をつけられぬよう宗矩が考えた秘策が一夜だったのだ。しかしなぜ召し出すのが商人なのか？　廻国中の柳生十兵衛も呼び戻されて。風雲急を告げる第１弾！

小学館文庫
好評既刊

親子鷹十手日和

小津恭介

ISBN978-4-09-407036-1

かつて詰碁同心と呼ばれた谷岡祥兵衛は、いまでは妻の紫乃とふたりで隠居に暮らす身だ。食いしん坊同士で意気投合、夫婦になってから幾年月。健康に生まれ、馬鹿正直に育った息子の誠四郎に家督を譲り、気の利いた美しい春霞（はるか）を嫁に迎え、気楽な余生を過ごしている。今日も近所の子たちに玩具（おもちゃ）を作ってやっていると、誠四郎がやって来た。駒込で旅道具を商う笠の屋の主・弥平が殺されたというのだ。亡骸（なきがら）の腹に突き立っていたのは剪定鋏（せんていばさみ）。そして盗まれたのは、たったの一両。抽斗（ひきだし）には、まだ十九両も残っているのだが……。不可解な事件に父子で立ち向かう捕物帖。

うちの宿六が十手持ちですみません

神楽坂 淳

ISBN978-4-09-406873-3

江戸柳橋で一番人気の芸者の菊弥は、男まさりで気風（きっぷ）がよい。芸は売っても身は売らないを地でいっている。芸者仲間からの信頼も厚い菊弥だが、ただ一つ欠点が。実はダメ男好きなのだ。恋人で岡っ引きの北斗は、どこからどう見てもダメ男。しかも、自分はデキる男と思い込んでいる。なのに恋心が吹っ切れない。その北斗が「菊弥馴染みの大店が盗賊に狙われている」と知らせに来た。が、事件を解決しているのか、引っかき回しているのか分からない北斗を見て、菊弥はひとり呟くのだった。「世間のみなさま、すみません」――気鋭の人気作家が描く、捕物帖第一弾！

かぎ縄おりん

金子成人

ISBN978-4-09-407033-0

日本橋堀留『駕籠清』の娘おりんは、婿をとり店を継ぐよう祖母お粂にせっつかれている。だが目明かしに憧れるおりんにその気はなく揉め事に真っ先に駆けつける始末だ。ある日起きた立て籠り事件。父で目明かしの嘉平治たちに隠れ、賊が潜む蔵に迫ったおりんは得意のかぎ縄で男を捕らえた。しかし嘉平治は娘の勝手な行動に激怒。思わずおりんは本心を白状する。かつて嘉平治は何者かに襲われ、今も足に古傷を抱える。悔しがる父を見て自分も捕物に携わり敵を見つけると決意したのだ。おりんは念願の十手持ちになれるのか。時代劇の名手が贈る痛快捕物帳、開幕！

死ぬがよく候〈一〉月

坂岡　真

ISBN978-4-09-406644-9

さる由縁で旅に出た伊坂八郎兵衛は、京の都で命尽きかけていた。「南町の虎」と恐れられた元隠密廻り同心も、さすがに空腹と風雪には耐え切れず、ついに破れ寺を頼り、草鞋を脱いだ。冷えた粗菜にありついたまではよかったが、胡散臭い住職に恩を着せられ、盗まれた本尊を奪い返さねばならぬ羽目に。自棄になって島原の廓に繰り出すと、なんと江戸で別れた許嫁と瓜二つの、葛葉なる端女郎が。一夜の情を交わした翌朝、盗人どもを両断すべく、一条戻橋へ向かった八郎兵衛を待ち受けていたのは……。立身流の秘剣・豪撃が悪党を乱れ斬る、剣豪放浪記第一弾！

春風同心十手日記〈一〉

佐々木裕一

ISBN978-4-09-406843-6

定町廻り同心の夏木慎吾が殺しのあったという深川の長屋に出張ってみると、包丁で心臓を刺されたままの竹三が土間で冷たくなっていた。近くに女物の匂い袋が落ちていたところを見ると、一月前に家を出ていった女房おくにの仕業らしい。竹三は酒癖が悪く、毎晩飲んでは、暴力をふるっていたらしいのだ。岡っ引きの五六蔵や女医の華山らに助けを借りて探索をはじめた慎吾だったが、すぐに手詰まってしまい……。頭を抱えて帰宅した慎吾の前に、なんと北町奉行の榊原忠之が現れた⁉　しかも、娘の静香まで連れているのは、一体なぜ？　王道の捕物帳、シリーズ第１弾！

さんばん侍 利と仁

杉山大二郎

ISBN978-4-09-406886-3

二十四歳の鈴木颯馬は、元は町人の子。幼くして父を亡くし、母とふたりの貧乏暮らしが長かった。縁あって、手習い所で働くうち、大器の片鱗を見せはじめた颯馬だが、十五歳の時に母も病で亡くし、天涯孤独の身となってしまう。が、捨てる神あれば拾う神あり。ひょんなことから、田中藩江戸屋敷に勤める鈴木武治郎に才を買われ、めでたく養子に。だが、勘定方に出仕したのも束の間、田中藩領を我が物にせんとする老中格の田沼意次と戦うことに。藩を救うべく、訳ありで、酒問屋麒麟屋の番頭となった颯馬に立ち塞がる壁、また壁！　江戸の剣客商い娯楽小説第一弾！